JEUDI

L'homme marche. Son pas est celui du montagnard, ni rapide, ni lent. C'est une fin d'été, le soleil donne à la nature une tendresse mouvante présumant des chatoiements de l'automne. Il longe des pâturages où les génisses curieuses l'accompagnent un instant, berçant son pas de leurs sonnailles. Il peut passer la rivière à gué, sautant d'un caillou à l'autre. Sur ses rives, des mains créatives ont élevé d'éphémères cairns. Il grimpe un sentier caillouteux qui traverse la forêt, puis son parcours devient plus escarpé au fur et à mesure que les arbres s'éclaircissent pour laisser la place à la roche.

Il aime ce silence de la montagne. Silence à peine rompu par le frissonnement d'une touffe d'herbe caressée d'une légère bise, par le froissement d'une feuille sous la fuite d'un insecte et le cri lointain de la buse qui chasse. Ici, même le chant des oiseaux s'est fait silence pour laisser place à la quiétude. Une sérénité où il respire enfin. Il marche sans penser, des mots se bousculent dans sa tête, mots dépourvus de sens, bouts de phrases qu'il laisse surgir, incohérentes et scandées par le rythme des pas. Il aime ainsi ressentir le vide, marcher sans but réel si ce n'est le plaisir des sens : l'odeur de la terre mouillée par un ruisseau qui dévale la pente, celle croupie des sous-bois, le parfum légèrement poivré des champignons. Le sentier, il le connaît bien et chaque fois qu'il le peut, il vient le parcourir.

Il aime à y découvrir les changements subtils qu'ont créés une intempérie, une rafale de vent ou le passage d'un animal. Comme il aime à en reconnaître chaque escarpement, chaque virage! C'est une fête pour ses yeux; les cimes des arbres laissent percer des rayons de soleil qui, tel le pinceau d'un artiste, nuancent les sous-bois et donnent une magie à l'armée des troncs. La forêt est bordée d'un enchevêtrement de fougères et de ronces dont les fruits, perles violettes, s'offrent à la convoitise. De jeunes pousses d'arbres peinent à se frayer un espace entre les lits de branches mortes, les arbres déracinés aux sombres abris et les vieilles racines couvertes de mousse. Son regard est attiré par l'aubépine et son fruit orangé, accompagné de la belle empoisonneuse qu'est l'amanite, qui colorient le sous-bois. Plus loin un rond de sorcière, danse ancestrale du tricholome, offre un parfum d'iris. Ici, fleur improbable, une barbe-de-capucin fait une tache d'or sur la mousse. Dans un contour, laborieuses et inspirées, les fourmis ont érigé des temples épineux. Des ruisseaux vagabondent et abreuvent la forêt. Tout cela bruissant d'une vie minuscule et invisible.

Il arrive à un dernier replat où il peut se reposer avant la longue descente vers la plaine. Là, le sentier s'élargit, la montagne lui offre une terrasse dominant le monde. Il y trouve un rocher où il peut s'asseoir et profiter du spectacle vertigineux. Tout en bas, comme un long fleuve, il discerne le filet bleuté de la plaine, il devine les routes et les maisons plus qu'il ne les voit. Il se sent grandi, maître de l'univers, plein d'une force nouvelle capable de bouleverser son existence. Assis sur son rocher il fouille son sac pour prendre sa gourde, son saucisson et un croûton de pain. Pendant cet instant de tranquillité, ses pensées le rattrapent. Il ne peut s'empêcher de ruminer ses soucis, ce quotidien qui parfois le désespère, pris dans le bruit et la fureur. Chaque jour est rempli de la folie des hommes, chaque jour est un combat à espérer que cela en vaut la peine. Il se sent usé, abimé de tant d'illusions perdues. Des images l'envahissent, des filles à peine vêtues, sourires désabusés aux lèvres. Images des milieux interlopes de la prostitution, de la drogue. Des chambres vétustes se réduisant le plus souvent à un lit, un lavabo, parfois une table, minimum d'espace pour un sexe tarifé qui n'a pas besoin de fioritures. Il voit encore les visages brésiliens, russes, africains, des filles venues de si loin avec l'espoir d'un meilleur. Il les entend encore, parfois, avinées ou droguées ; elles étaient vulgaires et le provoquaient en des termes crus, mais le plus souvent, elles baissaient les yeux, soumises, sondant le fond de leur abîme. À l'époque, naïf, il croyait encore qu'elles étaient là de leur plein gré, comme il croyait pouvoir sauver tous les drogués qu'il croisait dans des lieux infâmes, squats délabrés, où l'odeur persistante d'urine et de vomi l'accueillait. Il se rappelle comme il secouait des corps avachis pour trouver celui qui ne se réveillait plus, souillé du vomi de l'overdose. Images de corps adolescents décharnés, vieillis avant l'âge, ce qui est d'autant plus choquant par la proximité de sa propre jeunesse. Il lui arrivait de proposer à l'un ou l'autre, un de ceux dont les plaies purulentes avaient attiré son attention, de l'emmener à l'hôpital ; mais, inconscient ou suicidaire, le toxico n'acceptait jamais son aide et il avait cessé de la leur proposer. Ces images envahissantes, toujours en lui comme si c'était hier, lui donnent un goût amer dans la bouche. Il s'emplit de l'air frais qui l'entoure, c'est pour les exorciser qu'il vient marcher dans la montagne, pour se nourrir d'autres odeurs, d'autres souvenirs. Son esprit qui vagabonde cherche l'image qui le sortira de ces réminiscences et celle de Larissa s'impose.

Larissa, si belle, si jeune, si facile à aimer. Lui qui n'avait jamais eu le temps d'être amoureux, lui qui passait d'une aventure à une autre, tomba en amour comme un adolescent. Dès qu'il la vit, jeune collègue tout juste sortie de l'école de police, elle le subjugua. Il admire sa silhouette de sportive, agrémentée du plus beau des visages, aux traits eurasiens, qui lui donnent une grâce particulière. Il aime ses yeux marron, presque noirs, et cependant lumineux et doux. Il aime ses lèvres sensuelles, son sourire qui fait deux fossettes au coin de sa bouche et qui apaise toutes ses peines. Il se laisse emplir par son image et son esprit, tel un pinceau, caresse chaque parcelle de son corps. Il s'étonne qu'elle soit toujours là, à ses côtés, il sait trop bien ce qu'il lui a fait vivre. Elle est arrivée dans sa vie alors qu'il sombrait. L'alcool où il se noyait, l'ivresse qui le mettait dans un état cotonneux où tout devenait supportable, l'injustice, la violence et la déchéance. Plus rien n'avait d'importance si ce n'était le verre de vin. Il sait bien comme elle l'a sauvé. Il s'est réfugié en elle, dans la chaleur de son corps, comme il s'était réfugié dans l'alcool. Il s'est nourri de sa peau, abreuvé de sa sueur. L'extase l'enflamma et elle est devenue son ancre, sa bouée. Il a remercié le ciel, l'amour, la vie, alors que celle-ci partait en vrille. Il a connu l'intimité des sentiments, le tête-à-tête tendre, le chiffonnage des draps que l'on retend au matin, le bavardage confiant et les rires partagés. Avec cet amour il a eu le courage de regarder ses cicatrices, juste sous sa peau, invisibles à tous, sauf à lui.

Il sait leurs différences, lui 40 ans et elle à l'aube de la trentaine. Elle si pleine de vie, d'espoirs, d'idéaux et lui désabusé, usé, qui se raccroche à son enthousiasme. Une petite voix lui murmure qu'il a juste changé de dépendance, mais il profite de chaque instant pour emplir sa mémoire, pour que plus tard il puisse en savourer le souvenir. C'est habité par son image qu'il s'apprête à repartir, pressé soudain de la retrouver. Il jette encore un regard autour de lui. C'est alors qu'il la voit, à l'orée du bois, tout au bout du pré, une tache rouge, écarlate, tranchant sur le vert. Il pense à un sac ou un habit oublié par un randonneur. C'est comme une souillure dans la verdure et il va aller la ramasser. Cette tache, si petite, prend de l'importance au fur et à mesure qu'il avance. Il s'inquiète, accélère le pas. Un corps se dessine plus distinctement, il devine à la silhouette qu'il s'agit d'une femme. Il pense à une promeneuse endormie, hésite à avancer plus, risquant de la réveiller alors qu'elle semble si abandonnée, confiante dans le lit d'herbe. Il ralentit, scrute la silhouette, trouve beau une femme qui dort, ses bras écartés de son corps, sa robe rouge, légèrement remontée le long de ses cuisses, les pieds nus. Il s'approche encore, déjà il sait que rien n'est normal, déjà il a compris et son cœur bat plus vite, sa respiration s'accélère, un cri résonne dans sa tête comme un écho au silence. Il sait devant l'incongruité de la robe rouge, robe de fête, devant la fragilité des pieds nus que ce qui semble un tableau champêtre va devenir vision cauchemardesque. Elle est étendue en croix face au ciel, comme si elle se reposait. L'envie de passer son chemin, d'ignorer l'inéluctable le prend. En lui, le policier sait qu'il ne peut plus fuir.

Il s'agenouille comme en prière, il n'a pas à prendre son pouls pour savoir que son endormie est bel et bien morte. Le visage tourné vers l'infini de l'azur a dû être beau, mais là, tuméfié, le regard vide, la peau déchirée par quelque animal, il découvre l'œuvre du temps. La robe de fête est devenue haillon, lambeaux de tissus écarlates qui recouvrent le corps décharné, déchiqueté de la femme. Derrière les ravages de la mort, il devine qu'elle était jeune, gracieuse. Son corps frêle lui semble tout juste sorti de l'enfance. Il l'imagine belle, pleine de vie, il voit son sourire, à la fois timide et intrépide, il entend son rire qui roule comme une cascade cristalline. Il pense à elle amoureuse, tortillant une mèche de cheveux, jetant un regard effronté, rougissant sous des pensées audacieuses. Il sent son âme, qu'il pense douce. Sans doute a-t-elle été aimée, chérie par une mère, un père. Une prière monte en lui, sursaut d'une foi lointaine, perdue et qui lui manque soudain. Des larmes jaillissent de ses yeux. Ses cauchemars le rattrapent, les démons de ses nuits surgissent dans son paradis. Une envie d'alcool le submerge, envie nauséeuse dans son corps tendu vers cet autre corps. Il a besoin d'oubli, il veut fuir, courir au loin de ses peurs, loin de ce tableau dantesque. Il reste agenouillé, recueilli, perdant toute notion du temps. Une colère sourde fait place à la tristesse, colère pour le viol de l'enfant, celui de son paradis, colère contre la cruauté de l'acte, la perte de sa quiétude. Il voudrait revenir en arrière, ne pas avoir regardé, reprendre sa route. Il sait pourtant que son bagage serait alourdi, que partout il porterait l'image putréfiée de la femme et que jamais plus il n'aurait de paix. Alors il fouille son sac, il prend son portable, appelle, quittant ce silence.

Il doit s'expliquer longuement au téléphone, décliner son nom, son grade et il se garde bien de donner son prénom, se contentant du « J » habituel. Ses parents, athées convaincus et communistes attardés, avaient eu à sa naissance un grand moment d'insouciance et l'avaient prénommé Joseph. Ce qui donnait un Joseph Pitier qui lui avait valu bien des moqueries, Joseph père de Jésus pris en pitié, entre autres. Ces copains l'appelaient Jo dont il n'aimait pas la connotation américaine et plus tard il réussit à imposer le Ji qui l'éloigna des railleries.

Il décrit le pâturage, le versant de la montagne, donne un signe distinctif du lieu. Il décrit le corps. On lui demande s'il s'agit d'un accident ou d'un crime. Après une brève hésitation il donne son sentiment : oui, il s'agit d'un crime. Il sait qu'en donnant cette réponse, c'en est fini de sa quiétude, les détails qu'il a observés ne peuvent correspondre à rien d'autre. Pas d'à-pic qui aurait pu justifier une chute, tout comme la position du corps qui élimine une glissade malencontreuse. Un suicide est tout aussi improbable, il le sait d'expérience. La disposition du corps, bras en croix, n'a rien de naturel et semble une mise en scène. Il a cherché du regard des chaussures, qu'il n'a vues nulle part. En donnant sa réponse, il concrétise l'impression de cauchemar ressentie précédemment. Sans aucun doute il s'agit là d'une scène de crime dont l'auteur, en disposant le corps, a voulu passer un message ou mis en scène un fantasme. Lorsque la communication cesse, il ressent une nausée. Il voit toute l'indécence de la robe remontée sur les cuisses, il devine la nudité sous le tissu et la violence de l'acte le submerge.

L'attente commence. Il ne s'approche plus du corps sachant qu'on le lui reprocherait. Il s'assied à même l'herbe. Sa sérénité l'a quitté, remplacée par le questionnement de son esprit de policier. À moins d'une force surhumaine la jeune fille n'a pas pu être amenée, déjà morte, si haut dans la montagne. Elle a dû grimper avec son agresseur, le suivre pour une balade qui aurait dû représenter quelques heures de plaisir. Il s'interroge sur sa robe. Il n'arrive pas à croire qu'elle ait arpenté les chemins abrupts vêtue si légèrement. Bien que déchirée de toute part, cette robe semble élégante, le décolleté plongeant, la taille cintrée et le tissu soyeux. Une robe de sortie en boîte, une robe à mettre pour un bon restaurant, surtout pas pour marcher dans la nature. Une robe qui se porte avec des escarpins et non des baskets, encore moins des chaussures de marche. Son agresseur a dû la dévêtir pour la costumer de son fantasme. L'a-t-il fait avant ou après l'avoir violée ? Des images sordides lui envahissent l'esprit et il n'arrive pas à les chasser. Elle lui paraît si jeune, adolescente qui se fait torturer dans la montagne, qui crie, appelle au secours, qui se débat et finit sans doute par se résigner, priant pour qu'il lui laisse la vie sauve. Pour lui, une enfant encore, qui a dû appeler sa maman, son Dieu, en vain. Il l'entend supplier, quémander sa pitié, s'avilir, inconsciente qu'ainsi elle augmente son plaisir, qu'elle nourrit son désir et s'enlève toute chance de clémence. Son instinct lui parle de viol alors que rien encore ne vient prouver cela. Il faudra attendre l'autopsie, deuxième profanation de ce corps.

Une sourde inquiétude l'habite. Il connaît ses fragilités, comment le stress l'amène à l'alcool. Depuis plusieurs années il est abstinent et il en est fier. Il sait que pour y arriver il s'est protégé de telles situations. Il repense à ses débuts, comment il a voulu ce métier plus que tout autre, comment il le croyait méritant et il ne sait plus s'il l'aime encore. Il se sent usé, abimé de tant d'illusions perdues. À sa sortie de l'école de police il était plein d'espoirs, persuadé qu'il allait pouvoir changer la société, que ses actes seraient utiles. Comme il était alors idéaliste. Il est entré dans le groupe d'intervention, fier de porter l'uniforme, supportant sans broncher les horaires infernaux, le manque de sommeil. La mort, il l'a côtoyée trop souvent ; parfois alerté par un voisin, ils allaient frapper à la porte d'un appartement. Il avait appris à reconnaître l'odeur de la mort, parfum à la fois doucereux et âcre, dont les effluves nauséabonds leur parvenaient de sous le palier. Premier sur les lieux, premier à ramasser un vieillard tombé et qui avait agonisé sur le sol, à dépendre un désespéré ou à découvrir un corps nu dans une baignoire sanguinolente. Corps anonymes, corps solitaires, sans nom, qu'aucune larme ne vient pleurer. Corps trouvés putréfiés dans le cœur de la nuit ou les aubes blanches. Il s'était habitué à la persistance de l'odeur dans les narines, il avait beau rincer et rincer encore, la mort s'accrochait.

Il a commencé à boire, un verre pour oublier, un pour se détendre puis un pour essayer de dormir. Dans l'alcool, il a puisé le feu qui brûle sa poitrine, il a communié dans une quête de vie et de volupté, il a cherché l'ivresse pour exorciser les fantômes de la nuit.

Le bruit d'un hélicoptère le tire de ses sombres pensées. Il se redresse pour faire signe au pilote. L'appareil tourne en rond, à bonne distance du pâturage, cherche un endroit où se poser, suffisamment lointain de la scène de crime pour ne pas la détériorer. Cela semble impossible, l'espace n'est pas assez grand et la décision de descendre en rappel finit par s'imposer. Ji se place de manière à réceptionner les hommes, il reconnaît le médecin légiste, un certain Marrel avec qui il a déjà coopéré. Celui-ci n'est plus tout jeune, l'acrobatie semble l'éprouver et il se montre reconnaissant de son aide. Le deuxième homme, il le reconnaît immédiatement, Costa, celui qui l'a remplacé à son départ. Il a une réputation de grande gueule, plus que lui ne l'a jamais été. L'homme est imposant, une carrure de sportif, un teint basané qui sous-entend des origines du sud. Il est surnommé le pitbull par ses collègues, non pas à cause de son physique imposant mais parce qu'il est connu pour ne jamais lâcher sa proie. Ji est rassuré, sa jeune morte sera entre de bonnes mains. Costa le salue brièvement, refuse l'aide proposée et déjà se dirige vers la victime. Le dernier homme est un jeune flic qu'il n'a jamais vu et qui semble le plus maladroit des trois. Il lui glisse son prénom, Pierre, accompagné d'un sourire hésitant.

Toute cette agitation vient briser l'intimité qu'il a partagée avec la fille. Il hésite à les suivre, n'ayant pas le désir de voir ces hommes se pencher sur elle, avides d'indices, comme un nouveau sacrilège. Il regrette le silence, le recueillement que l'attente lui a permis. Il regrette les instants de communion avec elle, comment il a pu lui créer une histoire, s'en faire presque une amie à peine connue déjà perdue. C'est à contrecœur qu'il suit Costa, l'homme lui plaît, mais il devine une brutalité en lui. Il est surpris de le voir s'arrêter à quelques mètres du corps. Cet homme qui en a vu d'autres semble pétrifié devant le spectacle de la jeune fille offerte au ciel. L'inspecteur se tourne vers lui, il a pâli sous son bronzage, il lui fait la remarque qu'elle est bien jeune et lui demande, comme prévu, s'il n'a rien touché. Ji hoche la tête et le regarde s'approcher, tourner lentement autour du corps, refermer son cercle à chaque tour, comme un chasseur qui encercle sa proie. Le légiste, Marrel, attend son tour. Silencieux, il observe le manège de Costa, le laisse s'imprégner de la scène avant d'intervenir. C'est une routine où chacun connaît son rôle. Ji le voit regarder aux alentours, il pense que comme lui, il cherche les chaussures, qu'il s'étonne de sa tenue et ne doute pas d'un crime.

Ji se dit que l'équipe est réduite. Pierre semble assigné à un rôle subalterne, il le voit s'occuper du matériel, comme à distance du crime. Il décide que son rôle s'arrête là et pense à redescendre dans la plaine avant la nuit. Costa le stoppe net dans son projet.

– Tu restes. On va avoir besoin de toi et je veux ton rapport.

C'est un ordre et Ji sait qu'il ne sert à rien de protester et surtout qu'il aurait fait de même.

Costa n'a aucun doute sur le fait qu'il s'agit d'un crime. Il prend immédiatement les précautions d'usage, évite de piétiner l'endroit, cherche des traces de pas et des indices sur l'herbe avant de poser son propre pied. Il s'approche pas à pas, le regard rivé au sol. Cela lui permet de ne pas regarder la jeune fille. Il a eu un choc émotionnel en la voyant dans sa robe rouge. Celle-ci l'a ramené à un souvenir si ancien, si profondément enfoui en lui, qu'il n'y pense jamais. Et là devant ce corps, l'image lui est revenue comme un flash, sa mère vêtue d'une robe rouge ajustée au corps et dansant un tango lascif avec son père. Lui si petit qui dévore sa mère des yeux. C'est une bouffée d'amour qui lui vient, accompagné d'une tristesse infinie. Cette image belle et douloureuse qui est la dernière de ses parents. Après c'est le trou, le néant, la disparition. L'Argentine lui a pris ses parents, il se souvient de ce jour noir d'attente désespérée, puis de fuite. Comment sa tante l'a emmené dans les larmes et l'a sans doute sauvé. Il était si petit qu'il ne comprenait pas, il ressentait juste l'angoisse de l'absence. Il sait qu'il doit, à nouveau, chasser ce souvenir et chaque pas lui permet de revenir dans le présent.

Arrivé près du corps, Costa se garde de le toucher, mais observe chaque détail. Il remarque la robe relevée, la nudité sous celle-ci. Il voit que les yeux sont ouverts, fixant le ciel dont le bleu s'harmonise aux siens. Il admire la chevelure blonde et longue. Il la voit telle qu'elle devait être, belle et jeune, faisant abstraction de ce que le temps a abimé sur elle. Il ressent une grande pitié pour elle, il sait déjà qu'il ne lâchera rien avant de savoir qui lui a fait ça.

Puis il cède sa place au médecin légiste et se dirige vers Ji. Il le connaît sans l'avoir jamais rencontré. À son arrivée on lui a raconté l'homme qu'il remplaçait. Certains parlaient de lui avec empathie, trouvant qu'il avait subi du mobbing, qu'il avait été mal traité par la hiérarchie ; d'autres plus cruels parlaient d'autosabotage, de bêtise, de faiblesse. Il avait juste écouté avec une certaine distance ; des parcours cassés il en avait vu plus d'un dans sa carrière et s'était toujours bien gardé de juger, lui-même n'étant à l'abri de rien. Il avait aussi entendu que c'était un bon enquêteur et c'est avec cela à l'esprit qu'il se dirige vers lui.

Ji lui relate alors son arrivée dans le pâturage, comment il a aperçu le corps au moment de repartir. Il reste concis et évite soigneusement de parler de son ressenti ou de son questionnement. Il n'est pas enquêteur et ne veut surtout pas marcher sur les plates-bandes de Costa. Mais…

– OK, maintenant dis-moi ce que tu en penses.

Ji est surpris, il hésite, il voit Costa qui attend sa réponse, impassible. Alors il se lance, il parle de l'absence de chaussures, de la position du corps, de l'improbabilité qu'elle soit montée ainsi vêtue ou même portée. Il relate toutes ses observations sans parler de ses émotions, restant sur le plan purement professionnel.

– Je partage ton avis. Je me suis laissé dire que tu avais été un bon enquêteur, il reste à le prouver. Maintenant on va faire le tour de ce pâturage, rechercher des indices et attendre que nos deux collègues aient fini leurs investigations, puis tu vas aider à transporter le corps dans l'hélico. Ensuite on redescendra ensemble à pied, je veux voir le parcours pour arriver ici.

En retrait de la scène, Ji observe le travail de Marrel et Pierre ; ce dernier fait plusieurs prélèvements sur et autour du corps et prend des photos de la victime, comme de la scène de crime. Ji réalise qu'il doit être de la scientifique et se dit qu'il l'a bien vite catalogué comme un bleu. Leur quête est vaine, rien d'autre que de l'herbe. À un moment il surprend Costa au téléphone, sans doute doit-il transmettre des informations à son supérieur et organiser la suite des opérations. Puis l'hélicoptère est rappelé et ils mettent la femme dans un sac mortuaire puis sur une civière. Moment particulièrement éprouvant, des effluves nauséabonds leur parviennent et ils usent de beaucoup de délicatesses comme si ce corps déjà si meurtri risquait de se briser.

Ils laissèrent leurs deux compagnons et entamèrent la descente vers la vallée. Costa n'a rien dit de plus et Ji reste tout aussi silencieux. Ce moment, qu'il apprécie d'habitude, lui paraît difficile ; il se met à observer autrement le sentier, les alentours, cherchant une trace, un objet qui aurait été oublié, perdu. Il voit que Costa fait la même chose. À un moment il s'est baissé, a sorti un sachet de preuve et enfilé des gants pour ramasser un mégot de cigarette. Il donne des gants et des sachets à Ji et l'invite à faire comme lui. Leur pas est ralenti par cette quête. Le regard ne voit plus la beauté de la nature, fixé sur les détails, inquiet de rater quelque chose. Ji se demande s'ils arriveront avant la nuit.

Les sachets se remplissent, quelques mégots, une canette de soda, un vieux papier et même une casquette noire avec un oiseau brodé en rouge, elle semble faite pour une femme. Ji se dit que peut-être celle-ci a appartenu à la fille, qu'elle lui aurait bien été.

La pénombre est là lorsqu'ils arrivent au grand parking où il a laissé sa voiture. Ils n'ont croisé personne lors de leur parcours. L'endroit est peu fréquenté les jours de semaine alors que le week-end, des familles, randonneurs et promeneurs de chien se croisent facilement. Ji en fait la remarque à Costa. Celui-ci pense tout haut.

– Cela signifie que, comme nous sommes jeudi, l'assassin a eu des opportunités pour agir depuis lundi. On verra ce que nous dit Marrel, mais il me semble que je raccourcirais à mardi ou mercredi, le corps serait bien plus abimé autrement.

Ji lui fait remarquer que le mercredi est plus risqué vu que c'est congé scolaire et qu'il y a plus de monde.

– En même temps notre victime, vu sa jeunesse, est sans doute étudiante. Un congé pour profiter d'une balade. Il a pu prendre le risque, évaluer la situation. Il n'était peut-être pas pressé, prêt à revenir jusqu'au moment idéal pour son plan.

Ils tiennent cette discussion en voiture, Ji se concentre sur la route qui est sinueuse et étroite. Il se surprend à apprécier cet échange, ces questions-là il sait qu'il se les serait posées, mais d'avoir un interlocuteur est agréable et le fait réfléchir plus loin. Il y a comme une excitation depuis longtemps oubliée, penser comme l'assassin, trouver son cheminement, sa motivation. Costa le surprend encore.

– J'ai demandé ton transfert pour cette enquête, on manque d'hommes en ce moment et je pense que tu me seras utile.

– Je ne pense pas que la hiérarchie acceptera.

– Ça, j'en ai déjà fait mon affaire.

Ji laisse échapper un rire, il se demande quel est le pouvoir de Costa pour avoir une telle assurance. Il désire participer à cette enquête mais une peur sourde accompagne cette envie. Sera-t-il capable de supporter le stress et les horaires impossibles ? Il n'a plus bu depuis cinq ans, trois mois et six jours. Il connaît l'adage, alcoolique un jour, alcoolique toujours. Aura-t-il la volonté de ne pas craquer ? Va-t-il, en acceptant, remettre son abstinence en danger ? Costa ne lui demande pas son accord, c'est comme si c'était une évidence pour lui qu'il accepte. Il lui fait signe de le déposer à un carrefour.

– Pour aujourd'hui on ne peut rien faire de plus. À demain 7 heures.

Costa ne rentre pas, il récupère sa voiture et va directement à l'hôtel de police. Il est pensif, il se rend compte que de prendre Ji avec lui dans l'enquête est un pari. Il sait qu'après avoir fait partie des forces d'intervention il a rejoint la judiciaire et que ses résultats étaient bons, jusqu'à l'enquête Pasqual qui a amené sa chute. Un couple retrouvé mort dans une villa, milieu bourgeois, beaucoup d'argent et des enfants en âge d'hériter. L'enquête se cristallisa après la découverte d'un enfant illégitime, banalement issu d'une liaison du mari avec sa secrétaire. Comme souvent dans ce milieu, il s'agissait d'un demi-secret. Bâtard mais reconnu, il fut offert à la vindicte générale, tous les soupçons se tournèrent vers lui. Quelques indices peu convaincants firent qu'il fut appréhendé et rapidement condamné. Ji n'était pas d'accord, il désigna le fils aîné et légitime, signalant un conflit ouvert avec les parents, son endettement et la faiblesse de ses alibis. Costa comprend qu'il ait pu trouver cette enquête bâclée. Le fait qu'il ait contredit sa hiérarchie le rendit rapidement persona non grata. À ce qu'il en sait c'est à partir de là qu'il sombra dans l'alcool et qu'il fut muté dans la police de proximité. Il croit se souvenir qu'on lui a imposé une cure de désintoxication, que maintenant il est sobre, du moins il l'espère.

Ses réflexions sur son collègue l'amènent à son bureau. Le ciel continue à s'obscurcir, il n'a pas vu le temps passer. Il ouvre son ordinateur. Ce qu'il cherche est un avis de disparition correspondant à la jeune morte. Dans son moteur de recherche il met les éléments qu'il connaît: femme, entre 14 et 25 ans, blonde, yeux bleus. Un avis apparaît, une fugueuse de l'hôpital psychiatrique, mais très vite il voit que ce n'est pas la même personne. Cette dernière est petite et enveloppée, alors que sa victime est mince, élancée, autour des 170 cm. Cela le laisse perplexe. Ainsi personne ne s'est inquiété de son absence. Plusieurs scénarios lui viennent à l'esprit, peut-être s'agit-il d'une touriste, d'une étudiante étrangère comme il y en beaucoup dans la région, peut-être une jeune femme célibataire et distante de sa famille, solitaire. Il connaît bien l'isolement que peuvent vivre certaines personnes, trop souvent il a rencontré ce cas de figure dans ses enquêtes. Mais cette jeune femme, comment n'a-t-elle pas d'amis autour d'elle ? Il l'imagine en vie, pleine de l'énergie de la jeunesse, riant et s'amusant. Des histoires qu'il se raconte sans doute. Trop souvent il a vu des jeunes, sombres, dépressifs, qui vivaient en reclus, se perdre dans l'alcool ou la drogue, s'éloignant de leur famille et se retrouvant en rupture totale. Il repense à certaines interventions lorsque des couples se déchiraient. Ils arrivaient sur les lieux souvent après des appels anonymes dénonçant des violences conjugales. Des enfants hagards, aux yeux pleins de ténèbres, se trouvaient pris dans les conflits. Sur leur visage il lisait la perte de leur innocence.

Il prend son portable et appelle Pierre, tout en jetant un regard à sa montre pour s'assurer qu'il n'est pas trop tard. Ce dernier répond immédiatement :

– Salut Costa, j'allais t'appeler. As-tu trouvé des indices sur le parcours ?

– Quelques-uns que je te ferai parvenir. J'ai besoin que tu travailles une des photos de la victime pour la rendre présentable et que tu la fasses parvenir à la presse.

– J'en déduis qu'il n'y a pas d'avis de recherche pour elle. Triste. Je te fais ça et je poste aussi sur les réseaux de la police.

– Il y a bien quelqu'un qui la reconnaîtra, enfin j'espère.

– Une chose encore. J'allais t'appeler pour une raison précise : en regardant les photos de plus près, j'ai remarqué des détails qui me font penser que les blessures ne sont pas dues qu'aux animaux.

– Qu'est-ce qui te fait dire ça ?

– Certaines lésions sont trop nettes, comme faites par une lame. Je t'envoie les photos et tu me diras ce que tu en penses.

– Merci. J'imagine que Marrel le verra à l'examen du corps. T'a-t-il dit quand il pensait le faire ?

– Dès demain matin et tu le connais, il se lève à l'aube, s'il n'a pas déjà commencé.

Costa a un petit rire. Il a souvent pensé que le médecin était habité par ses morts et qu'ils raccourcissaient ses nuits. Il salue Pierre et attend le mail avec les images. Il est content de travailler avec lui et Marrel. Pour avoir déjà collaboré avec eux, il connaît leur perfectionnisme et leur motivation et il vient d'en avoir la preuve. Il a confiance dans le regard du scientifique et son observation est sans aucun doute fondée. Cela corroborerait la thèse du meurtre à moins qu'il s'agisse d'automutilation. Il sait qu'il ne faut pas sauter à des conclusions hâtives, mais son instinct lui dit qu'il y a intervention d'un tiers.

Plongé dans ses réflexions, il n'a pas fait attention à la présence qu'il sent soudain près de lui. Ji s'est faufilé comme un chat dans le bureau, il tousse légèrement pour attirer son attention.

– Si tu veux que je participe à l'enquête, tu ne m'envoies pas me coucher.

Il approche une chaise et s'assied sans façon près de Costa.

– J'imagine que tu as recherché les avis de disparition.

– Sans succès.

Costa n'est qu'à moitié surpris de cette arrivée. Il aurait fait de même. Il met rapidement Ji au courant de son contact avec Pierre, tout en ouvrant le mail qui vient d'arriver. Les deux hommes se penchent sur les photos de leur victime. Ils agrandissent les endroits où les entailles sont les plus nombreuses. Des animaux, sans doute des oiseaux, sont venus piquer dans les plaies mais très vite, il remarque ce que Pierre a vu, certaines sur le torse sont bien délimitées : des incisions nettes et précises qui ne peuvent être l'œuvre des animaux. Avec la pointe d'un crayon il désigne ce qu'il observe et partage sa réflexion avec Ji. Ce dernier propose de scruter chaque image et particulièrement la robe. Très vite ils remarquent que celle-ci a aussi des coupures nettes, comme faites aux ciseaux. En fait, c'est un travail de découpe très élaboré pour faire croire à un haillon. Avec ce nouveau regard sur la victime ils ont un sentiment d'une scène préparée comme pour une pièce de théâtre. Ji s'interroge à voix haute.

– Il l'a fait avant ou après la mort ?

Costa le reprend.

– Elle l'a peut-être fait, elle peut avoir mis en scène sa mort.

– Tu y crois vraiment ? Une montée à l'alpage pieds nus ?

Il agrandit la photo des pieds. Ceux-ci sont trop propres et aucune blessure n'est apparente, qu'une marche sur les sentiers aurait immanquablement provoquée. Costa soupire.

– Tu as raison, c'est impossible. Sauf si les chaussures ont été emportées par des animaux. Le doute subsiste. Cela vaudra la peine d'envoyer un agent pour élargir les recherches.

Les deux hommes continuent à scruter les photos. Ils font peu de commentaires. Leurs visages s'assombrissent, pris par l'émotion de ce corps si frêle, de ce visage juvénile. Ji fait remarquer qu'elle a l'air sereine, comme si la mort ne l'avait pas effrayée.

Devant ce visage Costa ressent une oppression. Sans le vouloir, un autre se juxtapose à celui de la victime. Celui de sa fille, comme elle, blonde aux yeux clairs, ressemblant à sa mère plus qu'à lui. Cette fille qu'il n'a pas désirée mais bien présente dans sa vie, depuis douze ans qu'elle prend toute la place avec ses rires et ses exigences, douze ans qu'il l'adore inconditionnellement, avec angoisse parfois, cette angoisse qui l'envahit maintenant à l'idée que ce pourrait être elle sur cette photo. Une immense colère l'envahit. À ce moment précis, il pourrait tuer celui qui a commis un tel acte, il sait que rien ne l'arrêterait.

Ji remarque la tension soudaine de son coéquipier. Il se garde de toute remarque. Il réalise qu'il ne connaît rien de lui, et malgré cette confiance inattendue qu'il lui a témoignée, aucun lien n'existe entre eux.

Costa se lève brusquement, rompant le silence qui se faisait pesant.

– On va avoir besoin d'un café si on veut continuer.

Ji acquiesce. Bien qu'il leur manque des éléments, comme des résultats d'analyse, il sait qu'ils vont encore se pencher longuement sur leur victime.

Tout en se dirigeant vers une machine à café dans un coin de son bureau, Costa partage ses réflexions.

– Ce crime, s'il s'agit bien d'un crime, a des particularités qui pourraient se retrouver dans d'autres affaires. On va chercher. Et le fait que cela se passe chez nous ne veut rien dire, on va élargir nos recherches.

Le bruit de la machine interrompt son monologue. Tout en amenant une tasse à Ji, il reprend :

– Demain son portrait sera dans tous les médias, cela signifie des téléphones, je vais demander un agent pour y répondre. Pour les chaussures je vais aussi envoyer quelqu'un. Toi qui connais les lieux, y a-t-il une possibilité qu'on les retrouve sur un escarpement, une falaise ou autre pâturage ?

– Tout est possible, un animal peut les avoir entraînées loin de la scène. Veux-tu que je me joigne aux recherches ?

– Non, mais tu donneras tes indications.

Costa enchaîne, il suit le fil de ses idées.

– La robe, peut-être qu'elle a une marque qui nous permettrait de remonter au vendeur. Bon, elle pouvait aussi lui appartenir bien que je pense que c'est lui qui l'a amenée.

Lui, car ils sont certains tous les deux qu'il s'agit d'un homme. Costa a mis toute sa colère et sa hargne dans ce « lui ». Ji s'interroge sur les émotions qu'il perçoit chez son partenaire. Lui-même en a eu beaucoup à la découverte du corps mais il n'imaginait pas le pitbull en montrer autant, comme si cette jeune fille le touchait personnellement. Il réfléchit, fouille dans sa mémoire. Qu'a-t-il entendu de lui ? Larissa, qui l'a côtoyé lors d'enquêtes, lui a parlé d'un célibataire endurci, farouchement solitaire, peu enclin aux sorties entre collègues, aucun copinage ni amitié au sein de la corporation. Il se rappelle un bruit de couloir qui lui attribue une fille issue d'une relation épisodique, sans doute l'explication de toute cette émotion. Lui n'a pas d'enfant mais il peut bien imaginer comment la victime peut faire écho lorsqu'on est parent. Tout à ses pensées, il a perdu le fil du monologue de Costa et réalise que celui-ci lui pose une question.

– Tu peux répéter, je pensais à autre chose.

– Je me demandais si c'était bon pour toi d'aller voir Marrel demain matin.

Ji hésite. Se rendre à la médecine légale le ramène à l'époque où il accompagnait des victimes de viol et de maltraitances. Trop de femmes victimes de prédateurs, meurtries par les coups d'un mari tyrannique. Des souvenirs pénibles même si l'accueil des intervenants était empreint d'empathie ; il se souvient trop bien des larmes, tremblements ou encore pire des corps prostrés, des visages fermés ou hagards. Il a envie de refuser mais il sait aussi l'importance de cette visite, Marrel aura fait l'examen du corps et donnera les premiers éléments qui pourront faire avancer l'enquête. Il acquiesce.

Ils ont encore travaillé quelques heures sans plus de succès. Puis chacun est rentré chez soi, l'esprit habité par l'enquête. Ji a marché dans la ville croisant quelques fêtards devançant leur week-end. Il salue de loin des collègues qui, dans leurs voitures banalisées, tournent, fenêtres ouvertes, attentifs à ne rien perdre. Un cri, un début de bagarre vont les faire intervenir. Ji se souvient des nuits d'intervention, les sorties de boîtes qui mobilisaient toute l'équipe. Ils enfilaient leur gilet pare-balles, couraient à leurs voitures et dévalaient tous feux allumés les rues de la ville. Le plus souvent il s'agissait de groupes de jeunes, gavés d'alcool et de cocaïne, qui se provoquaient jusqu'à l'explosion de violence. Des couteaux jaillissaient, du sang coulait et ils finissaient toujours par s'unir contre les forces de l'ordre. Les insultes, accompagnées de gestes peu équivoques fusaient. Ils arrivaient en général à alpaguer un ou deux jeunes alors que les autres s'éparpillaient dans la ville sous le contrôle de quelques voitures de police. Ces ambiances de guérilla, accompagnées de montée d'adrénaline, l'excitaient et, trop souvent, il n'arrivait plus à trouver le sommeil à son retour chez lui. L'alcool est devenu habitude, comme un somnifère.

Ce soir, la nuit est calme et il aime marcher dans les rues vides ; les commerces ont les stores baissés ou les vitrines sombres. Ses pas résonnent sur le bitume. La foule bruyante de la journée a migré du côté des quartiers nocturnes où se trouvent les bars, discothèques et restaurants. Il est seul dans la rue, comme si la ville lui appartenait. Dans les vieux quartiers où il habite, cette solitude est encore plus prononcée. Ils ne sont plus que quelques privilégiés à y avoir un appartement, les autres étant transformés en bureaux et administrations. Un silence règne, presque oppressant. La nuit amenant une désertion, ni voitures, ni passants, des façades sans lumière rendent une ambiance fantomatique.

Il aime sa maison. Vieille bâtisse entourée d'un jardin coloré de fleurs et d'arbustes. Lieu incongru dans la ville où le béton domine, elle a des airs de campagne. Il doit pousser le portail qui grince un peu, se dit une fois de plus qu'il devrait en huiler les joints. Cependant ce petit bruit est comme une alarme qui peut l'avertir d'une intrusion, d'un visiteur non désiré, et cela le rassure. Il a toujours suspecté que le propriétaire, grand voyageur très souvent absent, a apprécié que Larissa et lui soient policiers. Il les a perçus comme gardiens de sa maison.

Il est passé minuit lorsqu'il se glisse délicatement dans le lit, Larissa grogne dans son sommeil, sensible à son irruption. Ça le fait sourire, il apprécie la chaleur que dégage son corps près de lui. Malgré son envie de partager sa journée avec elle, il fait bien attention de la laisser continuer sa nuit. Fatigué, il peine à s'endormir, revisitant chaque étape de sa journée. Il ressent l'excitation de l'enquête, s'étonne encore d'y être impliqué.

VENDREDI

Lorsque le réveil sonne il ne sait plus comment il a fini par s'endormir. Larissa l'enveloppe de tout son corps et c'est d'une voix léthargique qu'elle lui fait remarquer qu'il s'est agité dans son sommeil et qu'il lui a donné quelques coups de pied.

– Regarde, j'ai des bleus sur mes jambes.

Elle sort des draps ses jambes longues et musclées dont la peau hâlée s'offre à ses baisers, Ji goûte chaque parcelle de son corps, remontant doucement le long de ses cuisses. Larissa se dégage en riant.

– Stop monsieur, on n'a pas le temps pour des batifolages. Douche, café et tu me racontes.

Il adore son dynamisme du matin qui contraste avec son apathie, avant trois cafés il n'est pas fonctionnel. Pour lui, Larissa est comme une tornade et il profite de l'énergie qu'elle dégage pour deux.

Sa nuit a été courte, dehors le jour s'installe doucement, les premiers signes de vie lui parviennent : voitures qui démarrent, les voix sourdes des passants qui comme eux commencent tôt leur journée. Il remplit les tasses, Larissa vient s'installer précédée du parfum fleuri de son savon. Son regard est interrogateur. Ji sait qu'elle attend des explications, le message qu'il lui a envoyé hier était succinct et il la sent frustrée du manque détails. Il commence donc son récit, elle ne l'interrompt pas, se contente d'une grimace ou d'un relèvement de sourcil. Il essaye de rester impassible en relatant les événements de la veille, ne parle pas de ses doutes ni de ses émotions. En fait, il réalise qu'il lui fait un rapport de collègue à collègue. Sa réaction le surprend.

– Quelle idée de Costa de t'impliquer, il ne sait pas que tu es fragile !

Il réplique d'un ton sec qu'il croit pouvoir assumer. Lui rappelle qu'il est sobre depuis plusieurs années. Au fond de lui il sait immédiatement que c'est de son alcoolisme qu'elle parle et c'est comme une gifle qu'il reçoit. Il réalise que, pour elle, ce vécu est toujours présent. Il pensait avoir gagné sa confiance, il s'étonne que non. Larissa grimace.

– Je te le souhaite. Mais quand même, tu risques gros.

Il ne dit plus rien. Il sait comme elle l'a soutenu lors de sa cure. C'est elle qui venait le voir, qui supportait ses sautes d'humeur, ses rechutes. Il comprend à sa réaction qu'elle ne veut en aucun cas revivre tout cela, qu'elle a peur, peur au point de ne plus vouloir le supporter. Plus gentiment il lui promet de faire attention.

Larissa se lève pour partir, il la voit qui hésite, son regard est triste, sa voix tremble lorsqu'elle s'adresse à lui.

– Il faut que tu te protèges, que tu nous protèges toi, moi et…

– Et ?

– Je ne voulais pas te l'annoncer comme cela, je suis enceinte.

Ji est abasourdi. Il reste sans voix.

– On en parlera ce soir si tu ne rentres pas trop tard.

– Attends, tu ne peux pas me laisser comme ça avec une telle nouvelle !

– Oui, je vais te laisser comme ça. Penses-y, réfléchis si c'est une bonne ou une mauvaise nouvelle.

Elle est partie. Ji n'arrive pas à y croire, une tempête émotionnelle l'envahit. Colère, joie, peur, excitation, tout se mêle en lui. Il n'arrive pas à réfléchir de manière cohérente. C'est un bouleversement. Jamais il ne s'est imaginé en père. Des questions se bousculent, comment est-ce possible ? Ont-ils fait moins attention ? Sans doute. Veut-il de ce bébé ? Est-il capable de l'assumer ? D'être un père, et comment feront-ils avec leur métier respectif ? Il réalise l'absurdité de ce capharnaüm et qu'il n'est qu'une boule de points d'interrogation sans réponse. C'est l'anarchie dans sa tête et il faut qu'il se calme. Son café est froid mais chaque gorgée le ramène au présent. Il a envie de courir derrière Larissa, de lui crier, oui, c'est une bonne nouvelle, une nouvelle incroyable, un miracle. Il se contente de lui envoyer un message, il ne va pas attendre ce soir pour lui dire qu'il est heureux. Il sait qu'ils devront réfléchir, sans doute revoir leurs priorités. Soudain il réalise qu'il ne sait pas ce qu'elle en pense. Si, pour lui, c'est un magnifique cadeau, pour elle, c'est peut-être un obstacle, une charge. Il la sait ambitieuse, elle apprécie son travail où elle se fait petit à petit la place qu'elle désire. Une grossesse va freiner son évolution. Il se prend à espérer qu'elle désire comme lui cet enfant.

Il doit patienter jusqu'à ce soir, il fera tout pour être présent. L'enquête attendra, il met déjà ses priorités. Il s'efforce de calmer ses pensées, il est soulagé par son message. Il doit reprendre le fil de sa journée, aller voir Marrel. Se remettre dans son travail.

Sur le trajet jusqu'à la médecine légale, il n'arrive pas encore à se concentrer sur l'enquête, il songe à son père. Ce père plus âgé, trop âgé pour s'intéresser à l'enfant qu'il était. Lui, en quête de son amour et essayant en vain d'attirer son attention. Il se souvient des repas qu'ils partageaient, la voix grave qui l'interrogeait sur sa scolarité mais jamais ne s'intéressait à ses états d'âme, à ses amis et encore moins à ses jeux. C'étaient les seuls partages. « As-tu bien travaillé à l'école ? Ta maîtresse est-elle contente de toi ? As-tu fait de bonnes notes ? » Et sa mère pendant ces échanges ne disait rien, le regard plongé dans son assiette. Lorsque son père quittait la table, partait pour de mystérieuses activités s'enfermer dans son bureau, Ji ressentait un grand soulagement. Le même soulagement qu'il a ressenti à sa mort quelques années plus tard, alors que tout le monde lui tapait sur l'épaule ou le prenait dans ses bras pour partager une tristesse qu'il ne ressentait pas.

Il a peu à marcher jusqu'au bâtiment de la médecine légale. Celui-ci est en retrait du grand hôpital qui domine la ville. Comme un besoin de se singulariser de la médecine qui soigne, une discrétion comme celle de la mort et de la violence, trop souvent tue ou ignorée.

Marrel se trouve à la cafétéria et après s'être pris un énième café Ji le rejoint. Il est accueilli par un sourire malicieux.

– Alors c'est toi qui t'y colles !

– Oui, Costa me met dans le bain.

– J'ai déjà fait l'examen du corps et je vous enverrai un premier rapport. Je te résume vite fait.

Ji est soulagé de ne pas avoir à assister à cet examen. Il s'assied, prend son carnet pour noter ce que le médecin va lui transmettre.

– Les premiers examens sur site m'ont indiqué que la mort était plus récente qu'on pouvait le croire en voyant le corps. Selon les conditions météorologiques des dernières heures, soit pas de vent, pas d'humidité excessive, les dernières pluies remontant à deux semaines, je pourrais dire mercredi entre 16 heures et 22 heures. La rigidité cadavérique presque au maximum va dans le même sens et tu as sans doute trouvé le corps environ vingt heures après le décès. À l'observation des lividités je n'ai pas découvert de points de pression qui indiqueraient un déplacement du corps, ni un habillement post mortem, c'est une chose qui m'intriguait. Tout indique que la victime portait sa robe avant le meurtre. Pas de signe d'étranglement, de coups, d'étouffement, jusqu'à présent je n'ai aucune piste quant aux causes de la mort. L'autopsie et les prélèvements en diront plus, de même pour un éventuel viol.

– Qu'as-tu à dire sur les lacérations ?

– J'allais y venir. C'est à n'en pas douter la piste intéressante. Elles sont superficielles, comme des scarifications, sans doute faites à l'aide d'une lame de rasoir ou un cutter, leur aspect étant très délimité. Situées des clavicules au pubis, ce pourrait être des automutilations. Mais comme il n'y a pas de saignement, je pense qu'elles ont été exécutées post mortem. S'il n'y avait pas les déchirures dues, sans doute, à des oiseaux, on lirait clairement leur dessin.

– Leur dessin ?

Marrel sort des papiers de sa blouse.

– C'est ce dont je parlais. Une piste intéressante : à l'observation, ces coupures ne sont pas aléatoires, elles font comme un tableau de symboles. J'ai essayé de les dessiner en partant d'abord de celles au bas du cou jusqu'au pubis. Regarde.

Ji se penche sur les dessins, il voit bien ce que Marrel a trouvé, les traits droits ou arrondis forment des signes, symboles ou idéogrammes. Excité par cette découverte, il photographie les feuillets.

– Beau travail, on va pouvoir avancer avec ce nouvel élément.

Marrel sourit. Ils restent tous deux silencieux, plongés dans leurs pensées. Ji est maintenant pressé de retrouver Costa, impatient de se pencher sur ces images et trouver ce qu'elles signifient. Avant de se séparer, le médecin l'informe que le corps est actuellement en radiographie et qu'il attend le feu vert pour l'autopsie.

À son arrivée au poste, il constate une grande effervescence. Un agent est posté près d'un téléphone, deux autres sont aux ordres près de Costa. Ce dernier l'interpelle, lui demande de leur donner des informations sur le site. Ji n'est pas certain d'avoir plus à dire que Costa mais il obtempère. Recourant à sa mémoire, il décrit les lieux. Le chemin qui continue jusqu'au sommet, se rétrécissant tout au long de la montée, devenant plus escarpé et dangereux. Il précise qu'il est le seul accès pour le retour, à moins d'avoir des capacités d'escalade, l'autre versant étant abrupt. Comme le suggère Costa, un animal aurait pu emporter les chaussures dans un terrier. Il signale avoir vu quelques roches creuses qui pourraient être de tels refuges. Lui-même ne croit pas en la quête des chaussures, mais peut-être les agents pourront-ils trouver d'autres indices qui leur ont échappé hier. Costa a tout écouté et finit par libérer les deux agents. Il maugrée.

– Sans doute du temps perdu mais on doit le faire.

Ji jette un regard à l'agent près du téléphone, demande s'il y a eu des appels. La réponse négative et une remarque qu'il est encore tôt lui indiquent que Costa est irrité du manque d'avance dans leur enquête. Il est heureux de pouvoir l'informer de ce qu'il a appris de Marrel, conscient que cela va donner un rebondissement bienvenu dans l'état actuel. Lorsqu'il montre les photos l'impatience de Costa est palpable.

– Enfin quelque chose de concret. Imprime-moi cela qu'on puisse faire des recherches.

Ils comparent les dessins aux photos de Pierre. Le médecin a fait un travail remarquable de précision. Ces signes ressemblent à une écriture cunéiforme ou des idéogrammes chinois, voire japonais. Chacun se lance dans une recherche minutieuse. Un espace de travail avec ordinateur a été mis à disposition de Ji, ce qu'il apprécie. Il est persuadé qu'il s'agit d'une écriture asiatique. Grand lecteur de mangas, il trouve certains signes familiers, c'est donc dans ce sens qu'il dirige sa recherche. Il entend Costa soupirer, dépité, parfois parlant tout bas et il perçoit quelques mots de découragement. Le temps s'écoule lentement. Par intermittence, il entend le téléphone sonner, la voix de l'agent qui prend des informations. Il se demande si quelqu'un a reconnu leur victime, sans doute que non, car ce dernier ne bouge pas de son siège. Soudain, il reconnaît un idéogramme, il regarde attentivement, sans aucun doute le signe est identique. Il cherche encore, un seul n'est pas suffisant pour affirmer qu'il s'agit bien de japonais. Lorsqu'il a plusieurs signes concordants, il appelle Costa. Celui-ci examine attentivement ce qu'il lui désigne et il approuve. Ji entend un soulagement dans son ton.

– Excellent, on va trouver un traducteur pour lire ce que ce pervers nous a laissé comme message.

Ils n'ont plus aucun doute qu'un individu, homme ou femme, est intervenu dans la mort de la malheureuse. Ji ressent une euphorie qu'il connaît bien, un pas qui ouvre des possibilités. Il parcourt la liste des traducteurs, il n'en trouve que deux, un homme et une femme. Visiblement les Japonais ont moins recours à ceux-ci ; la plupart sont des expatriés travaillant pour une des entreprises de la région, ils s'expriment en anglais lorsqu'ils ne possèdent pas la langue française. Il appelle et tombe sur des répondeurs où il laisse un message précisant l'urgence de la situation.

Costa, de son côté, reçoit les informations de l'agent en charge des téléphones. Ils espèrent que quelqu'un reconnaîtra la victime. La veille, Pierre a pu transmettre les photos aux journaux et les mettre en ligne. Il fait signe à Ji de le rejoindre et le présente à ce dernier.

– Leyvraz, je te présente l'inspecteur Ji Pitier.

Il lui a donné son ancien titre ce qui lui fait un coup au cœur. Il n'a pas imaginé que sa participation puisse être une réintégration et il s'interroge sur ce que cela signifie pour lui. Une réintégration par la petite porte, comme si ça allait de soi. Le futur avec ce bébé qui arrive lui revient alors qu'il avait réussi à le mettre en attente. Il a de la difficulté à se concentrer sur ce que dit Leyvraz. La voix grave et posée de l'homme lui parvient comme étouffée.

– Une femme croit l'avoir vue sur le site de l'université. Pareil pour un étudiant en lettres qui dit s'être assis à côté d'elle dans un auditoire. Il ne lui aurait pas parlé mais l'a trouvée très belle, de sorte qu'il s'en souvient. Une commerçante pense l'avoir souvent croisée dans son magasin. Jusque-là personne ne sait son nom. Aucun proche n'a appelé. J'ai eu quelques appels de malades, comme d'habitude. J'ai relevé toutes les identités. C'est fou que personne ne la connaisse.

L'homme s'est permis ce commentaire et Ji le trouve sympathique. Effectivement, il est surprenant qu'aucun parent n'ait appelé, comme si cette jeune fille était seule au monde.

– On va suivre la piste de l'université. Il nous faut un agent supplémentaire pour aller montrer le portrait. Si elle est effectivement universitaire, elle aurait déjà 18 ans ou plus. C'est horrible mais on la croyait plus jeune. Cela me soulage de savoir qu'elle n'était plus une enfant.

Ji se demande, qui est-on à 18 ans? Jeune adulte, mais encore si proche de l'enfance. Pour elle, une entrée dans la vie brisée. Il se rappelle comme il était en rupture à cet âge, ne sachant pas ce qu'il attendait de la vie. Son père, déçu qu'il ne fasse pas d'études, ne s'intéressait plus à lui; sa mère l'implorait pour qu'il s'engage dans une formation et son insistance l'irritait. Il n'avait qu'une envie, c'est qu'on le laisse tranquille.

Un an après son père mourait et ce fut comme une délivrance. Il partit faire son armée et, au retour, il savait ce qu'il voulait faire de sa vie. Il se dit que cette jeune fille, elle, s'était engagée dans des études, inscrite dans un parcours et quelqu'un l'avait stoppée net.

La sonnerie de son portable interrompt ses pensées. Une voix grave et posée, avec un léger chuintement se présente.

– Bonjour, Madame Ogawa, vous m'avez laissé un message.

En quelques mots, il lui fait part de leur besoin. Ji jette un regard sur sa montre et constate que la matinée est déjà bien avancée. Il propose une rencontre à 13 heures, il est satisfait que Madame y réponde favorablement. Il la remercie de sa disponibilité.

La matinée avance, chaque heure qui passe leur semble infiniment trop courte. Une pause leur permet de manger un sandwich tout en faisant le point. C'est lui qui recevra Madame Ogawa tandis que Costa ira sur le site de l'université, il espère y rencontrer un professeur qui reconnaîtra leur victime.

À 13 heures, elle est là. Un agent l'a introduite dans une salle d'interrogatoire. Elle a l'air perdue. Ses yeux presque fermés, dont les paupières étirées laissent briller la pupille, parcourent la salle au décor austère. Il l'imaginait petite, le cheveu noir, il découvre une femme mince et élancée. Une coupe au carré parsemée de mèches blanches encadre le visage à la peau claire et laiteuse, aux pommettes saillantes. Elle est belle, de la beauté mature d'une femme sans âge. Il se présente, dépose les feuillets sur la table et lui demande s'il est possible de les traduire. Madame Ogawa chausse des lunettes aux verres épais, son geste est furtif, comme honteuse de sa presbytie. Elle se saisit de chaque feuille, d'entrée elle en met une de côté et se concentre sur la lecture de l'autre. Elle ne fait aucun commentaire. Son visage reste neutre, dégageant une sensation de sérénité. Ji l'observe. Malgré son impatience, il n'intervient pas. Il est si absorbé à la contempler qu'il sursaute lorsqu'elle se redresse sur sa chaise, le corps bien droit, et que de sa voix grave, si différente de celles fluettes et aiguës des jeunes filles, elle s'exprime :

– Certains mots ne sont pas complets, c'est pourquoi, et je m'en excuse, j'ai mis du temps à comprendre le texte. Je crois qu'il s'agit d'un haïku : j'ai enseigné la littérature au Japon, et c'est ce qui m'a permis de reconnaître ce texte malgré les imperfections. Ce haïku est de Yosa Buson, un poète et artiste peintre japonais du XVIIIe siècle. Je l'ai beaucoup étudié avec mes élèves car c'est un maître classique qui se base sur l'ordinaire pour décrire l'essence des choses. La traduction est :

« Si profonde
Cette belle-de-jour
A la couleur de l'abîme »

Ji a un soupir de soulagement, il prend note de chaque mot. Le ton professoral et le sérieux de Madame Ogawa l'ont convaincu. Il est surpris qu'elle ne demande rien, se contentant de faire ce pour quoi on l'a mandatée.

– Pouvez-vous m'en dire plus sur les haïkus ?

– Ce sont de petits poèmes très courts qui disent l'évanescence des choses. Ils permettent de noter les émotions, une sensation, le moment qui passe, qui étonne ou émerveille. Ils évoquent en général une saison. Est-ce que cela vous suffit ? Si je dois vous expliquer comment se construit un haïku, une journée ne suffirait pas.

– Je me permettrai de revenir vers vous si j'ai besoin de plus d'explications. Que pensez-vous de l'écriture, l'attribueriez-vous à un Japonais ou un Européen aurait-il pu le faire ?

– Je ne sais pas, il y a certaines maladresses dans le tracé. N'importe qui aurait pu l'écrire.

Ji se rend compte qu'il devra montrer les photos de la victime à Madame Ogawa. Il hésite, il sait l'impact psychologique que représente la vue d'un cadavre et il n'a aucune envie d'imposer un tel spectacle à la traductrice. Il l'observe, impassible, en attente de sa prochaine question. Elle se tient bien, les deux mains posées sagement sur la table en bois. Le silence devenant pesant, il se décide à lui parler de leur découverte du corps, puis comment ils ont mis à jour le texte en question. Il lui propose de voir les photos du corps où il est marqué. Le visage, inexpressif jusque-là, a eu un léger tressaillement, une crispation des lèvres et ses mains se sont jointes comme dans une prière silencieuse.

Devant les photos, elle a d'abord un mouvement de recul, une distanciation face à l'absurdité et à l'horreur qu'elle découvre. C'est avec une grande respiration qu'elle finit par se pencher et scruter les images. Sa réaction n'échappe pas à Ji, il la trouve rassurante. La carapace lisse de Madame Ogawa s'est fissurée et elle en devient plus humaine. Sa voix tremble légèrement lorsqu'elle commente ce qu'elle voit.

– Mon premier commentaire reste valable, n'importe qui pourrait avoir tracé ces signes. Celui qui les a copiés les a bien rendus. Il y a une certaine maladresse dans l'écriture, mais sans doute le moyen utilisé en est-il la cause.

Après un soupir, elle ajoute :

– Comment peut-on faire une chose pareille ? Maître Buson n'aurait jamais voulu qu'on utilise un de ses haïkus à de telles fins.

Puis doucement, comme une réflexion désagréable :

– J'enseigne ici le japonais, j'ai des élèves de tous âges, passionnés de la culture nipponne. L'un d'eux aurait-il pu faire une telle chose? J'imagine que vous voudrez les rencontrer et bien sûr je vais vous donner les références de chacun.

Ji est surpris, elle prend les devants et lui facilite le travail. Il acquiesce.

– Merci Madame Ogawa. Connaissez-vous votre collègue traducteur? Il n'a pas répondu à mon message.

– Notre communauté n'est pas très grande. Je connais Monsieur Sato Yori. C'est un homme très sage et âgé. Il répondra à votre appel et il vous aidera du mieux qu'il pourra.

Ji la remercie. Il demande à un agent de raccompagner Madame Ogawa et retourne à son bureau. Costa n'est toujours pas de retour et c'est vers lui que se dirige Leyvraz.

– Il y a du nouveau.

Sur le site universitaire, Costa est débordé par l'ampleur des lieux. La jeune agente qui l'accompagne, Anna, est plus à l'aise; sa jeunesse la rapproche des étudiants qui parcourent le lieu alors que lui se sent vieux et déplacé. Ils se mettent d'accord, elle les abordera avec la photo de la victime et lui se rendra au secrétariat pour tenter d'y trouver des réponses.

Il comprend rapidement les difficultés de sa démarche. La secrétaire, aimable, lui fait remarquer qu'ils ont plus de 17 000 étudiants inscrits et que sans une identité elle ne peut pas l'aider. Il insiste, cite la faculté des lettres, elle a un sourire ironique.

– En lettres nous avons environ 2300 étudiants, sur le site autant d'enseignants et près de 950 collaborateurs, moi y compris. Je ne sais pas à quoi vous vous attendiez, mais c'est comme chercher une aiguille dans une botte de foin.

Son débitage de chiffres d'un ton suffisant et la formule facile l'agacent.

– Peut-être des professeurs de lettres pourraient-ils m'aider?

Son ton est irrité, insistant. Celui de la secrétaire moins aimable.

– Peut-être, si vous savez quel cursus elle a choisi.

Elle tourne vers lui l'écran de son ordinateur, il peut y lire la liste des différents cours, allant des langues aux sciences du langage, en passant par l'histoire ou encore la communication, le champ est large. Il baisse le ton.

– Madame, je vous parle d'une victime et j'ai besoin de connaître son identité, son histoire. Pour l'instant cette jeune fille n'a pas de nom, personne ne la réclame et elle mérite mieux. Pouvez-vous m'aider?

Le visage en face de lui se radoucit, il devine une émotion dans la rougeur qui l'envahit. Elle semble réfléchir, et lorsqu'elle répond, il a envie de s'exclamer « eurêka », lisant dans son sourire qu'elle a une idée.

– Je peux scanner votre photo et l'envoyer par mail à nos professeurs. Je ne vous promets rien. Peut-être que l'un d'entre eux la reconnaîtra.

Soulagé d'avoir obtenu quelque chose, il rejoint Anna. Celle-ci, le voyant, vient à sa rencontre. À son expression, il devine que ses démarches n'ont rien donné. Il lui fait part de son avancée. Elle propose de continuer en se rendant à la cafétéria, conseil reçu d'un étudiant. Elle l'appellera s'il y a du nouveau.

Costa se sent démuni. Il espère que Ji de son côté aura avancé. Il faudrait plus que la persévérance d'Anna pour interroger ce monde universitaire. Il parcourt des yeux le lieu qu'il trouve agréable, les bâtiments modernes ne sont pas disgracieux dans le paysage. Les espaces verts y donnent un air de campagne, bordés d'arbres qui offrent leur ombrage, il sent sur son visage la brise venant du lac en contrebas. Le soleil timide de fin d'été est propice à la flânerie qu'il observe chez certains étudiants, déambulant comme désœuvrés ou discutant entre eux alors que d'autres ont le pas pressé des gens occupés. Il s'arrache à ce spectacle et décide d'aller interroger l'épicière qui a reconnu la victime, espérant qu'elle pourra lui en dire plus qu'au téléphone.

Au centre-ville, il constate que l'épicerie en question est un traiteur japonais, ce que Leyvraz avait omis de lui mentionner. Irrité de ce manquement, il entre dans la boutique. De grands congélateurs longent une paroi, au centre, formant une allée, des rayonnages multicolores accompagnent le client jusqu'à la caisse. Derrière, se trouve une grande blonde. Ses cheveux sont attachés en queue-de-cheval, ses formes épanouies lui rappellent les femmes solides de la campagne. D'un sourire engageant elle répond à un client. Il prend le temps de regarder les produits exposés, les étiquettes bariolées ont toutes des logos asiatiques, il reconnaît des nouilles instantanées. Sur un rayon un alignement de bouteilles de saké l'étonne, il ne se serait pas douté qu'autant de sortes existaient, lui-même n'étant pas amateur de cette boisson. Une vitre protège des sushis et différents autres plats à l'emporter. Le client met du temps à choisir. La femme lui explique patiemment les différentes préparations. Des noms lui parviennent, qui sonnent à ses oreilles comme barbares: *gyniku gyoza, yasai korokke, menchikatsu* et bien d'autres qu'il serait incapable de répéter.

Enfin seul avec la vendeuse, il ne peut s'empêcher un commentaire:

– Je suis surpris que vous ne soyez pas japonaise!

Elle rit franchement.

– Vous n'êtes pas le seul. La patronne et mon compagnon sont eux bel et bien japonais. Que puis-je pour vous?

– Êtes-vous Madame Pahud, qui avez contacté les services de police concernant cette jeune fille?

Il lui montre la photographie.

– Mais oui, pauvre fille ! Mourir si jeune !

– Qu'est-ce qui vous fait dire cela ?

– Son visage est si figé que l'on dirait un masque. En plus, vous demandez son identité ce qui signifie qu'elle n'est plus là pour vous répondre et qu'aucune famille ne la recherche.

Le raisonnement si simple laisse Costa sans réplique, les paroles sont empreintes de tristesse et il partage cette émotion en l'écoutant. La femme enchaîne :

– Je ne peux pas dire que je la connaissais, elle venait deux à trois fois par semaine prendre des plats à l'emporter, souvent en fin de journée. Mignonne, si minçolette que je me demandais si elle mangeait assez. Après le téléphone j'en ai parlé avec mon compagnon, il m'a dit qu'il l'avait vue une fois avec un jeune homme qui l'attendait à l'extérieur, selon lui du même âge. Il lui a pris la main lorsqu'elle l'a rejoint.

– Le jeune homme était-il japonais ?

– Non pas du tout.

– Est-il client de votre magasin ?

– Je ne crois pas mais je demanderai encore à Ahiko.

– Pensez-vous qu'elle habitait le quartier ?

– Peut-être, peut-être pas. Nous sommes le seul traiteur japonais de la ville et nos plats sont réputés.

Il lui demande si son compagnon est présent, ce qui n'est pas le cas. Il l'invite à venir à l'hôtel de police avec lui pour un témoignage plus formel. Sans le lui dire, il est curieux de rencontrer ce Ahiko qui a été en contact avec leur victime et aussi d'avoir un peu plus de détails sur le jeune homme qui l'accompagnait. Il laisse une photographie à afficher dans le magasin.

Au volant de sa voiture, il laisse ses pensées dériver. Il imagine la jeune inconnue mangeant ses sushis dans une toute petite pièce, meublée sommairement, devant un poste de télévision allumé ou lisant un livre, comme une compagnie nécessaire pour contrecarrer la solitude. Il y a bien ce garçon qui lui tient la main dans la rue, amoureusement ou amicalement? Pourquoi ne s'est-il pas fait connaître, ni n'a signalé son absence? Était-ce une rencontre fugace? Que de questions sans réponses.

Lorsqu'il arrive vers ses collègues, il sent que les choses ont bougé.

Ji informe Costa qu'ils ont reçu le téléphone d'une infirmière qui croit avoir reconnu la victime comme étant la fille d'une pensionnaire du foyer où elle travaille. Costa remarque l'impatience de Ji. Celui-ci l'attendait pour se rendre là-bas. Avant de partir, il demande à Leyvraz d'être particulièrement attentif à un possible petit ami de la jeune fille. Pendant leur trajet, Ji et lui s'informent de leurs démarches respectives.

Costa est surpris des découvertes de Ji.

– Un haïku! Avons-nous un tueur poète?

– Un malade surtout, érudit sans doute.

– Notre victime pourrait être cette «belle-de-jour».

Ji lui fait part d'une hypothèse qu'il a eue: il se souvient du film de Buñuel, du même nom, et se demande si le tueur l'évoque et désigne ainsi la jeune femme comme une prostituée. Des similitudes entre Catherine Deneuve et elles sont flagrantes, la blondeur, les yeux bleus, seule la différence d'âge les distingue. Costa, qui a aussi vu le film, réagit:

– Si c'est le cas, on peut s'interroger sur l'âge de l'assassin. Le film date des années 60, 70 je crois. Est-ce qu'un jeune y ferait référence? Elle a été vue avec un ami, il lui tenait la main. On doit creuser cette piste, un amoureux éconduit ou trompé peut avoir un désir de vengeance.

Tous deux restent songeurs, cette interprétation du haïku est une piste, bien que fragile.

Le foyer est à une vingtaine de kilomètres de la ville. Ils découvrent une jolie maison du début du siècle passé, maison de caractère dont un rajout plus moderne n'enlève rien à l'atmosphère chaleureuse qui s'en dégage. Elle est entourée d'un parc aux arbres majestueux, vénérables vieillards pour accompagner d'autres vieillards. Une terrasse ensoleillée, point de vue magnifique sur le lac et les montagnes, donne envie de s'y attarder.

À la réception, ils sont attendus. L'infirmière qui les reçoit est bouleversée.

– Nous avons reconnu la photo, il s'agit de Maïwa, une gentille fille qui vient chaque semaine rendre visite à sa maman. Que lui est-il arrivé ? A-t-elle disparu ?

Costa élude la question en demandant s'il est possible de rencontrer la maman de Maïwa. Ils ont besoin de confirmer cette identité avant toute chose.

– Madame Herminjard souffre d'un Alzheimer précoce. Elle a encore des moments de lucidité mais de plus en plus rares. Je ne peux pas vous certifier qu'elle reconnaîtra sa fille, malheureusement cette maladie touche la mémoire et le comportement. Selon ce que vous allez lui annoncer, elle pourrait s'agiter. Ce serait bien que je sois présente pendant la visite.

Ils sont d'accord pour qu'elle les accompagne et promettent d'être attentifs à ne pas heurter la maman de Maïwa avec leurs questions. Ji fait confiance à Costa pour cela, il a remarqué que, sous ses airs rudes, il a une grande sensibilité.

La femme est assise sur un fauteuil face à la fenêtre. Son corps un peu recroquevillé contraste avec la jeunesse de ses traits. Quelques rides d'expression sur le visage, à peine deux trois mèches blanches parcourent sa chevelure châtain, ils sont surpris de la penser dans la cinquantaine, encore jeune dans ce lieu de vieillesse. Le regard se tourne vers eux, vif, rieur et cependant on peut y percevoir comme un vide, quelque chose de perdu.

– Juliette, quelle surprise, je ne t'attendais pas si tôt et avec des amis en plus.

L'infirmière leur glisse qu'elle s'appelle Martine mais ne contredit pas sa patiente.

– Ces deux messieurs sont venus vous rencontrer. Ils ont quelque chose à vous demander.

– Oh ! Je suis très contente si je peux vous rendre service.

Costa prend une chaise et s'assied à côté d'elle. Il la salue cordialement, s'excuse de la déranger. La femme qui l'observe ne semble plus savoir ce qu'il fait là. Elle répète en boucle « je suis contente ». Il ne se laisse pas perturber et sort la photographie, la lui désigne et attend sa réaction. La femme qui scrute la photo s'agite sur son siège, elle crie :

– Pute, pute, pute…

Ils ont tous sursauté, il y a une grande violence dans la répétition du mot. Costa lui demande si elle reconnaît la personne. La femme enchaîne de plus en plus agitée, criant les mots, les répétant à toute vitesse comme un leitmotiv plein de colère.

– Putemamanputemamanputemaman…

Elle semble ne plus pouvoir s'arrêter et Martine leur fait signe de sortir de la pièce. Costa hésite, il a encore des questions mais il se rend compte que la situation n'est pas propice et il obtempère.

Ils attendent un long moment avant que les choses se calment. À travers la porte, ils entendent la voix douce de Martine et celle agitée de la femme qui utilise des mots grossiers qu'elle répète en boucle. Un homme arrive avec un plateau où sont déposés des médicaments et une seringue. Il leur jette un regard noir avant d'entrer dans la chambre. Puis les bruits s'estompent, Martine et son collègue sortent enfin. Elle leur fait signe de la suivre.

– C'est ce que je craignais, il faut que nous discutions.

Ils se retrouvent dans un petit salon cossu, au mobilier vieillot et Ji se demande si ce ne sont pas des legs de leurs pensionnaires. Un chat roux se prélasse sur un canapé, il redresse la tête à leur apparition, dérangé dans sa sieste, son regard doré posé sur eux comme un reproche. Martine s'assied près de lui et invite les deux hommes à prendre place sur de grands fauteuils au dossier ovale qui ne leur semblent pas très confortables. Elle soupire. Sa main dans un mouvement hypnotique caresse le chat comme y cherchant un réconfort. Un ronronnement brise le silence.

– Je suis désolée de cette agitation. Depuis quelques mois, l'état de Madame Herminjard s'est dégradé, ce qui était très dur pour Maïwa. Elle a continué à venir chaque semaine bien que sa maman ne la reconnût plus. Elle venait me voir après ses visites, je percevais sa tristesse et son désarroi. Je l'ai soutenue du mieux que j'ai pu mais j'ai fini par lui conseiller d'aller voir quelqu'un.

– Est-ce que cela se passait comme aujourd'hui ?

– Non, pas vraiment. Ce qui a fait souffrir Maïwa est que sa maman prenait une voix de petite fille et s'adressait à elle sur un ton pleurnichard en répétant les mêmes phrases. Cette répétition des phrases ou des mots est un symptôme connu de la maladie d'Alzheimer.

– Quelles phrases ?

Martine semble mal à l'aise, elle leur fait part de ses doutes sur ce qu'elle a le droit de leur dire, évoque le secret professionnel, le respect dû à sa patiente et à la fille de celle-ci. Les deux hommes se regardent. Costa se décide à en dire plus, persuadé que leur victime est Maïwa.

– Malheureusement elle ne pourra pas vous en vouloir. Maïwa est décédée.

Martine sursaute, des larmes envahissent ses yeux.

– Je crois que j'avais deviné, mais c'est autre chose de se l'entendre confirmer. Cela me désole. Je l'aimais beaucoup. Que lui est-il arrivé ? S'est-elle suicidée ?

– Qu'est-ce qui vous fait penser à un suicide ?

– Je ne sais pas. Elle était si désespérée de l'évolution de sa maman. Je crois qu'elle avait peur aussi. L'Alzheimer est une maladie héréditaire, même si ce n'est pas toujours le cas, je sentais que cela l'angoissait. Maïwa m'a raconté qu'avant la maladie de sa mère, elles étaient très proches l'une de l'autre, presque symbiotiques et c'était une torture qu'elle ne la reconnaisse plus.

– J'imagine que ce devait être très dur. Je reviens à ma question. Que lui répétait sa mère ?

– Des choses horribles. Qu'elle ne devait pas l'enfermer dans l'armoire, pas la taper. Elle a même évoqué un homme qui lui faisait du mal. Elle disait « maman pas l'homme » ou « maman homme méchant ». Le fait que ses phrases soient mal construites, lacunaires montrait à quel point ses souvenirs étaient émotionnellement douloureux. Pauvre Maïwa confondue avec sa grand-mère maltraitante, c'était insupportable pour elle. Moi j'admirais son courage, d'autres auraient espacé leurs visites jusqu'à ne plus venir.

Martine se tait. Ses larmes coulent sur ses joues et elle renifle comme une enfant. Ji lui tend un mouchoir, il sent ses yeux picoter comme si les pleurs se transmettaient au même titre que le bâillement. Elle lui fait un pauvre sourire tout en se mouchant bruyamment.

– Elle m'a même dit une fois qu'elle se sentait comme un monstre. Là je me suis inquiétée de savoir si elle consultait comme je le lui avais conseillé.

– L'a-t-elle fait ?

– Elle m'a dit avoir trouvé un psychiatre qui la voyait toutes les semaines. Que cela l'aidait. La dernière fois que je l'ai vue elle semblait plus détendue.

– Vous a-t-elle dit son nom ?

– Non, et je ne le lui ai pas demandé. En général on n'aime pas dire chez qui on va. Même si c'est plus courant de consulter un psy, cela reste intime.

– Vous n'avez pas évoqué de mari ou de père.

– Parce qu'il n'y en a pas. Je crois savoir que le père de Maïwa est décédé lorsqu'elle était très jeune. Il faudra questionner le médecin de l'institution pour en savoir plus.

– Nous comprenons mieux pourquoi personne ne s'inquiétait de la disparition de Maïwa. Heureusement pour elle et pour nous, vous avez vu l'annonce de disparition et reconnu la jeune fille.

– À votre connaissance, avait-elle un petit ami ? Peut-être est-elle venue une fois accompagnée d'un jeune homme.

Martine n'a aucune hésitation à répondre par la négative. Selon elle, Maïwa était très solitaire. Lorsqu'elle l'avait questionnée sur un éventuel soutien, amoureux, amical, cette dernière lui avait répondu que personne ne s'intéressait à elle.

Munis du nom et du numéro de téléphone du médecin de Madame Herminjard, ils prennent congé de Martine tout en la remerciant de son accueil et de sa gentillesse. Ils ont pu avoir l'adresse de la jeune femme et, bien que l'après-midi touche à sa fin, ils décident de se rendre à l'appartement. Ji se rend compte qu'il ne va pas rentrer de sitôt et c'est le cœur serré qu'il envoie un message à Larissa. Il a le sentiment de marcher sur une corde raide, elle n'a pas répondu à son premier message, il imagine qu'elle l'attend pour discuter et déjà il lui fait faux bond.

Costa l'observe du coin de l'œil, il remarque la tension soudaine de son coéquipier et lui demande si tout va bien. Ji hésite. C'est d'un ton sarcastique qu'il se livre :

– Tu sais que je suis en couple avec Larissa, le fait que je participe à l'enquête ne lui plaît pas trop. Elle a peur que je craque. J'imagine que tu connais mon passé d'alcoolique ? Qui n'est pas au courant dans cette maison ! Et comme on dit alcoolique un jour, alcoolique toujours. Elle n'a pas envie de repasser par là.

Il faut une seconde à Costa pour resituer la jeune femme. Elle ne passe pas inaperçue parmi la majorité d'hommes dans la police. Ji continue, comme une vanne qui s'est ouverte, il a besoin de se confier.

– Elle m'a annoncé ce matin qu'elle attendait un enfant, notre enfant, et on n'a pas eu le temps d'en parler.

Costa reste silencieux, comme interloqué de ces confidences. Il jette un regard interrogateur vers Ji. Celui-ci lui demande de garder cette annonce pour lui et ajoute qu'il ne va pas boire, qu'il sait trop bien ce que cela lui coûte et que cet enfant il en est heureux ; qu'il pensait ne jamais être père mais que finalement il ne sait toujours pas ce que Larissa désire. Tout cela débité sans reprendre son souffle comme un trop-plein qui doit sortir.

– Veux-tu partir maintenant ? Je peux visiter l'appartement seul. Je crois que tu n'as pas la tête à cela. Je te dépose où tu veux.

Ji est un peu honteux, quoi qu'il décide, il abandonne l'un ou l'autre. Costa qui voit son malaise le rassure.

– Cette discussion est importante et moi j'ai besoin de savoir si je peux te féliciter.

Les deux hommes rient. Soulagé, Ji quitte Costa à un carrefour, pressé de rentrer et de surprendre Larissa.

Après avoir déposé Ji, Costa fait appel à un serrurier et à Pierre. Il va avoir besoin des deux pour entrer dans l'appartement et pour y relever des indices éventuels. La ruelle où vivait Maïwa est bordée de maisons vétustes, les façades grises n'ont pas le charme de celles rénovées de la vieille ville. Les loyers doivent y être modestes. Il se fait la réflexion que c'est de plus en plus rare dans cette ville. Devant l'entrée, il trouve Pierre qui l'attend déjà. Ensemble ils grimpent les trois étages sans ascenseur, la lumière est faible et une odeur de moisi les accompagne. Devant la porte le serrurier est en train d'inspecter la serrure, il relève la tête à leur approche.

– Aucun bruit à l'intérieur, j'ai sonné mais personne n'est venu ouvrir. Je vous attendais pour débloquer la serrure.

Costa lui donne son accord. En quelques minutes la porte est ouverte et le serrurier s'en retourne. Pierre a amené les protections nécessaires à la visite. Revêtu de la tête aux pieds d'une combinaison, Costa, qui ne s'habitue pas à de telles précautions, se sent comme un cosmonaute maladroit. Les deux hommes peuvent enfin pénétrer dans l'appartement. L'entrée est sombre, un portemanteau et un meuble à chaussures y sont disposés. Ils découvrent ensuite une grande pièce. Elle a le charme des appartements anciens avec son haut plafond décoré de moulures, un parquet patiné par le temps et une porte-fenêtre donnant sur une grande terrasse. Ils se regardent, surpris. Ils ne s'attendaient pas à un tel lieu. Pierre fait la remarque que rien ici ne ressemble à un appartement de jeune fille. Du mobilier de style, canapé Louis quelque chose, dont le velours doré semble usé par endroits, des fauteuils Voltaire, une table ronde et un tapis oriental qui recouvre une partie du parquet. Contre le mur une bibliothèque débordante de livres et quelques tableaux, paysages de la région ou portraits d'un autre temps. Un lieu au charme suranné plus adapté à une personne âgée. Une petite pièce conjointe sert de chambre à coucher. Un grand lit, une coiffeuse dans un coin, une imposante armoire en bois massif. Au pied du lit des livres sont déposés, empilés, à lire ou déjà lus. Ils cherchent mais ne voient aucun ordinateur, télévision ou chaîne hi-fi. Costa se demande s'ils sont à la bonne adresse tant cet appartement ne ressemble en rien à ce qu'il avait imaginé. Pierre sourit.

– Heureusement j'aime les mystères et visiblement il y en a ici.

– Surprenant! Cette jeune fille vivait dans une autre époque!

Ils commencent à fouiller le lieu, ouvrent armoire et tiroirs, c'est dans l'un d'eux que Pierre découvre un ordinateur portable, caché des regards, comme incongru dans un tel décor. L'ordinateur ne révèle rien dans l'immédiat, un mot de passe étant demandé. Il y a aussi du courrier dont l'adresse confirme qu'ils sont bien au bon endroit. En y regardant de plus près, Pierre voit que ce sont des factures, de la publicité et que rien de personnel ne s'y trouve. À l'ère des e-mails et de WhatsApp ce n'est pas surprenant. Costa, de son côté, déchiffre les titres des livres dans la bibliothèque. Il en prend quelques-uns en main et constate qu'ils ne sont pas là pour la décoration. Les pages cornées, des passages surlignés ou des annotations, d'une petite écriture serrée, montrent qu'ils ont été lus. Il se dit qu'il faudra prendre le temps de tous les feuilleter, sans doute donneront-ils quelques éléments de réponse sur leur victime. Puis, dans l'autre chambre il ouvre la grande armoire. Des habits y sont soigneusement rangés. Pullovers, chemisiers, tee-shirts, jeans, il n'y voit aucune robe. Sur la coiffeuse il découvre une boîte à bijoux dont le contenu lui semble aussi vieillot que le reste, un collier de perles, une bague avec un saphir, un camée et un petit médaillon en argent, en forme de cœur, qui s'ouvre sur une photo. Celle-ci lui paraît ancienne, elle représente un couple dont la femme tient un bébé dans les bras. L'homme pose, un bras autour des épaules de la femme, son visage est grave, aucun sourire, il fixe l'objectif. Elle regarde son bébé, il devine une tendresse dans ce regard. La photo est si petite qu'il lui faudra une loupe pour en voir les détails. Il imagine qu'elle représente Maïwa dans les bras de sa mère et ce père décédé. Pierre, qui l'a rejoint et regarde par-dessus son épaule, lui fait un commentaire :

– Je crois qu'elle vivait dans l'appartement de sa mère.

– Tu dois avoir raison. Elle a dû venir y habiter lorsque sa maman est entrée en maison de retraite.

En quelques mots il explique à Pierre leur découverte du jour. Comment cette dernière se retrouve dans un établissement de soin. Pierre est touché par cette situation. Il lui raconte que sa propre maman est atteinte de cette maladie, elle est âgée et il a dû se résigner à la faire entrer dans un foyer. En bon scientifique il s'est renseigné et s'est fait faire des tests pour savoir si lui-même avait un risque. Il cite les gènes défectueux : PSEN1, PSEN2 ; pour Costa c'est du chinois. Pierre ajoute qu'il n'a a priori aucun de ceux-ci et que cette maladie est héréditaire à 5% seulement, que peut-être Maïwa a fait ce même test et que ce serait intéressant d'en connaître le résultat. Costa pense à ce que leur a dit l'infirmière, la peur de Maïwa, sa détresse. L'idée du suicide lui revient en tête même si leurs observations jusqu'ici vont dans le sens d'un meurtre. Il espère que l'autopsie leur révélera la cause du décès et confirmera leur hypothèse.

Il leur reste à visiter la cuisine et la salle de bains. Costa se rend dans la première et Pierre dans l'autre. La cuisine comme le reste de l'appartement est dépourvue de modernité, aucun bloc agencé. Ici une vieille cuisinière à gaz, un grand frigo qui, lorsqu'il l'ouvre, ne contient que quelques yaourts et une salade. L'épicière avait bien deviné que cette jeune fille ne devait pas se nourrir correctement. Dans le buffet il trouve un paquet de céréales et quelques condiments et dans la poubelle des emballages de sushis et des gobelets de yaourts. Une alimentation d'ascète.

Pierre revient de la salle de bains, il lui fait part de ce qu'il y a trouvé. Des médicaments dont les dates sont périmées, au nom de la maman. Quelques crayons de maquillage, savons et un parfum à l'effluve poudré, avec une pointe d'iris, trop lourd pour une jeune fille, convenant mieux à une femme plus âgée.

Ils savent tous deux qu'ils devront revenir dans cet appartement. Pierre, avec quelques collègues, pour y relever les empreintes ou toute autre trace et Costa viendra regarder de plus près les livres de la bibliothèque.

Costa affamé décide d'aller manger dans une petite pinte qu'il connaît, située au bout de la rue. Il en profitera pour demander si quelqu'un connaît la victime.

Le carrefour où Ji a été déposé n'est pas très loin de sa maison. Il ralentit le pas pour prendre le temps de réfléchir à la discussion qu'il espère avoir avec Larissa. Il a besoin de détourner ses pensées de l'enquête, le rythme de ses pas sur l'asphalte le lui permet. Les battements de son cœur s'accélèrent à mesure qu'il approche de chez lui. À quoi doit-il s'attendre ? Il aime Larissa et il sait qu'il n'ira pas contre sa décision, il essaye de se mettre à sa place : qu'aurait-il décidé à 30 ans ? Aurait-il accepté de mettre en question sa carrière pour un enfant ? Est-ce juste que ce soit elle qui doive le faire ? Dans ce monde encore trop machiste, accepterait-on que lui travaille à temps partiel ? Il n'a pas les réponses, que des questions. Une lâcheté le prend lorsqu'il arrive devant le portail : a-t-il envie de connaître la réponse ? Il pourrait retarder ce moment, rejoindre Costa, suspendre le temps. Il s'admoneste : n'a-t-il pas confiance en elle, en leur relation ? C'est d'un pas plus ferme qu'il va à leur appartement.

Il découvre Larissa étendue sur le canapé, endormie. Une polonaise de Chopin, en sourdine, semble la bercer. Il a envie de s'étendre à ses côtés et de partager ce moment de détente. Il effleure son visage de la main, ce qui instantanément lui fait ouvrir les yeux. En le voyant, elle sourit et lui fait signe de s'asseoir à ses côtés. Ce sourire qu'il aime tant le soulage, comme un retour à la normalité, il réalise à quel point il était tendu. Elle l'enlace et lui glisse à l'oreille:

– Excuse-moi pour ce matin, je n'aurais pas dû te lancer cette grossesse à la figure.

Comme il allait répliquer, elle lui met un doigt sur la bouche.

– J'ai reçu ton message. Je ne t'ai pas répondu parce que j'étais encore en colère. Plus le temps passait, moins je comprenais cette colère, elle m'a habitée une partie de la journée, d'abord bouillonnante puis devenant questionnement. Pourquoi est-ce que j'étais comme ça? Je me suis sentie égoïste. C'était désagréable.

Comme elle s'arrête, il a envie de répondre, mais le doigt de Larissa est toujours sur ses lèvres. Il attend. Visiblement elle a besoin de vider son sac.

– Je crois que j'ai une partie de la réponse. J'étais rassurée par tes horaires plus réguliers, le fait que tu sois là le soir, que tu ne fasses pas d'heures supplémentaires. Quand j'ai compris que j'étais enceinte, j'ai imaginé notre vie, je me suis raconté des histoires, comment on partagerait nos moments avec notre enfant, je me suis fait tout un roman. Lorsque tu m'as dit que tu recommençais à la criminelle, mon histoire s'est brisée en mille morceaux. J'ai eu peur, peur de cet avenir aux horaires impossibles et du stress, et je t'ai envoyé ta fragilité comme une menace. Désolée!

Elle enlève son doigt, elle attend sa réaction. Il hésite, réfléchit à tout ce qu'elle a dit. Il comprend qu'elle a raison, que s'il continue à la criminelle il aura moins de temps pour une famille. Il soupire.

– Je fais cette enquête, on ne m'a pas officiellement réintégré, et si cela arrive je peux toujours refuser. Mais toi ? Tu ne parles pas de toi, de tes projets, de ta carrière ? Désires-tu cet enfant ?

– Oui du fond du cœur ! J'ai 30 ans, je peux très bien m'adapter et ma carrière peut attendre. Par contre je ne veux pas faire cet enfant toute seule. C'est avec toi que je le désire.

Il la serre dans ses bras, très ému. Il aimerait s'arrêter là, juste la tenir ainsi sur ce canapé où ils se sont si souvent aimés, comme dans un cocon protecteur. Mais il voit bien qu'elle attend une réponse, une suite à leur discussion.

– Je serai là. Tu le sais j'ai souffert de l'éloignement et du manque de partage que m'a fait vivre mon père. Je ne serais pas comme lui, je désire au plus profond de moi être présent, disponible pour toi comme pour notre enfant. On va s'organiser et il n'est pas question que tu mettes ta carrière en suspens. Nous ne sommes pas les seuls à travailler avec un enfant et je ferai en sorte que ce soit aussi équitable pour toi.

Il pourrait s'arrêter là. Il en a envie, juste s'arrêter de parler, la serrer dans ses bras, toucher son ventre, le caresser cet enfant à venir, cet enfant avenir. Mais il sait que ce n'est pas fini, qu'il doit encore dire, rassurer.

– Je sais que je t'ai fait vivre des moments difficiles avec mon alcoolisme. Tu as toutes les raisons d'avoir peur. Je te mentirais si je te disais que c'est derrière moi. Il m'arrive d'avoir encore le goût de l'alcool dans la bouche, ce besoin insidieux de sentir la brûlure au fond de la gorge, celle qui apaise les tensions. Ce que je sais, c'est que c'est une illusion, une tromperie et que très vite cet apaisement est remplacé par des émotions négatives qui bousillent ma vie. Alors je m'accroche et je vais encore plus résister avec ce qui nous attend. Je ne veux plus rien abimer, plus rien salir. Je te demande de me faire confiance.

– Je sais que c'est un combat que tu mènes et que tu mèneras peut-être toute ta vie. J'ai eu peur lorsque tu m'as parlé de l'enquête.

– Costa me fait confiance et cela me fait du bien. Je ne vais pas me laisser envahir.

Ils parlent longuement, de leurs doutes, de leurs espoirs, ils se projettent tout en riant de le faire si vite, sachant que tout changera encore. Larissa finit par lui demander où ils en sont dans l'enquête. Il lui raconte. L'heure avance sans qu'ils s'en rendent compte, heureux de leur connivence. Leur nuit sera courte.

Costa, installé à une petite table de la pinte, se réjouit du repas à venir. Il aime la cuisine simple du terroir. Il lit un message sur son portable. Sa fille lui rappelle que c'est son week-end et lui fait la liste de ses envies, quarante-huit heures ne suffiront pas à les combler. Une fois de plus il regrette le peu de temps qu'ils passent ensemble, toujours insuffisant, toujours un déchirement lorsqu'il finit. Il sourit à l'appareil comme si elle pouvait voir ce sourire à travers les ondes. Dans sa réponse il glisse des smileys que sa fille apprécie, pleins de cœurs pour son amour et des sourires pour son plaisir. Il ne sait pas encore s'il pourra la prendre ce fameux week-end ; une fois de plus l'enquête aura la priorité et comme à chaque fois, il entendra la déception dans la voix de sa fille.

Cet échange lui fait penser à Ji. Il ne sait pas trop pourquoi il apprécie cet homme. Lui qui est plutôt distant dans ses rapports avec ses collègues ressent une connexion avec lui. Il imagine que c'est dû au parcours cabossé de Ji, le fait qu'il se batte contre ses démons, tout comme lui. Sa tante a tout fait pour remplacer sa mère et elle l'a bien fait. Il l'aime énormément, mais il sent encore ce vide en lui, celui de la déchirure, de la perte de ses parents. La douleur, qui s'est réveillée devant la robe rouge de Maïwa, le lui a brutalement rappelé.

Il a été surpris des confidences de Ji dans la voiture et encore plus surpris de les avoir écoutées, d'en avoir ressenti des émotions. Il a été ramené à la naissance de sa fille. La maman, Michelle, ne lui avait rien dit de cette grossesse ; c'est de la maternité qu'elle l'a appelé, sans doute fragilisée par l'accouchement, inquiète de se savoir seule avec le bébé. Rencontrés dans un bar, ils avaient partagé une nuit et depuis il ne l'avait jamais revue. L'émotion qu'il a ressentie à cet aveu a d'abord été intense, il se rappelle un tremblement de tout son corps, une oppression dans le thorax, le souffle coupé. Il n'arrivait plus à parler, il sentait un picotement dans les yeux augurant des larmes. Elle attendait, il entendait sa respiration fébrile et c'est d'une voix pleine de sanglots qu'elle lui suggéra qu'il ne la croyait pas. Cette phrase le ramena sur terre. Le doute s'installa, puis la colère.

– Tu prétends que je suis le père, comment le sais-tu ? On a passé une nuit ensemble et vu la légèreté que tu as montrée à l'époque, j'imagine que tu as eu d'autres aventures.

Il entendit les larmes, elle hoquetait au bout du fil. Déjà il regrettait sa goujaterie. Elle finit par couper la communication et il resta longtemps immobile, comme statufié, le téléphone mobile dans la main, attendant peut-être qu'elle le rappelle.

Il fut hanté par cette hypothétique paternité. Il n'arrivait plus à travailler, ses pensées revenaient sans cesse vers le bébé. Il se demandait, fille ou garçon ? Il était incapable d'analyser ses émotions, il s'était construit avec la perte, le risque de l'abandon. Sa tante, mère de cœur, généreuse et affectueuse, lui a permis de grandir. Elle est toujours là et souvent il a besoin de s'en assurer pour conjurer le trou qu'il sent en lui.

Après une nuit agitée, il était parti à la maternité. Il avait acheté quelques roses en passant, se disant que cela se faisait, encore peu conscient qu'il avait besoin de s'excuser de son attitude. Le visage de Michelle était flou dans sa tête, il se rappelait l'avoir trouvée drôle et jolie. Ils avaient bu quelques verres, échangé quelques banalités et comme souvent il l'avait ramenée chez lui. Au matin il était pressé qu'elle parte, ils avaient échangé leur numéro comme une politesse qu'ils se devaient. Aucun des deux ne l'avait utilisé.

Dans la chambre, son regard s'était porté sur le berceau où reposait un tout petit être endormi, pas très joli, quelques touffes de cheveux presque blancs sur la tête et le visage tout fripé. Son cœur s'était serré. Michelle avait semblé surprise de le voir. Il lui avait tendu les roses. Elle s'était assise dans le lit, lui avait fait un triste sourire.

– Je te présente ta fille.

– Je ne sais pas. J'ai de la difficulté à le croire mais je suis prêt à faire un test de paternité.

Il avait évité de se pencher sur le berceau, il avait besoin de certitude.

– Merci d'accepter de le faire. Moi, je sais que tu es son père. Ce soir-là, quoi que tu en penses, tu as été une exception. Je venais de perdre un ami cher, il s'était suicidé. J'étais bouleversée et je ne sais pas trop pourquoi j'ai eu une envie folle de faire l'amour. Tu étais là. Tu me plaisais, je n'ai pas résisté. Tu as été la seule aventure que j'ai eue, ce n'est pas mon genre.

– Tu ne m'as rien dit de cela.

– Non, je voulais juste oublier. Les psys parleraient d'une pulsion de vie. L'ironie c'est que cette pulsion a donné la vie. Elle.

Son regard, tourné vers le berceau, avait caressé tendrement le bébé.

– Je pensais pouvoir assumer seule. Plus le terme approchait, plus j'en doutais. De quel droit je la privais d'un père ? Je l'imaginais me harcelant pour savoir qui il était, me reprochant son manque. J'ai compris que j'étais égoïste. Lorsque je l'ai tenue dans mes bras, si petite, si fragile, j'ai pris ma décision. Je regrette de ne pas te l'avoir dit plus tôt. J'avais peur de ta réaction, je me demandais si c'était bien, tu n'avais rien voulu. Maintenant ce sera ton choix, je crois que je n'ai rien à t'imposer.

Costa l'avait écoutée attentivement. Son expérience des interrogatoires lui avait fait percevoir l'accent de sincérité dans son discours. Il a été touché qu'elle pense d'abord au bien-être de sa fille et non au matériel. Il vit dans ses yeux de la douceur et de l'amour et se sentit une brute avec ses exigences et ses jugements.

– Je vais faire ce test, si elle est bien ma fille, je serai là pour elle et pour toi.

Et, c'était bien sa fille. Il a pu l'aimer sans retenue, avec toute la force de ses manques. Elle a comblé en partie son vide. Ce fut l'accident le plus heureux de sa vie. La douceur et l'amour qu'il avait lus dans le regard de Michelle ne l'ont jamais quitté. Leurs rapports restèrent bons. Ils se voient régulièrement pour échanger sur leur fille. Elle ne lui a jamais fait aucun reproche, demandé plus qu'il ne peut donner, il la sent reconnaissante du lien qu'il a avec la petite. Parfois il se dit qu'il aurait pu l'aimer. En cela il envie Ji, le couple qu'il forme avec Larissa, le fait qu'ils formeront une famille.

Ses pensées l'occupèrent durant tout son repas. Une fois celui-ci terminé, il les chassa pour revenir à l'enquête. Il montre sans succès la photographie au serveur. Il prend le temps de regarder ses e-mails, plusieurs messages l'attendent. Marrel l'informe qu'il peut faire l'autopsie lundi, Costa est satisfait, il espère que cela leur donnera des réponses, entre autres sur les causes du décès. Anna, leur jeune collègue, lui écrit n'avoir rien de nouveau. Quelques étudiants ont reconnu la victime, mais aucun ne la fréquentait. Elle a eu droit à des commentaires sur sa beauté mais aussi sur sa froideur, sa distanciation des autres étudiants et certains l'ont perçue comme fière ou arrogante. Anna lui suggère de lire son rapport qu'elle tape avant de rentrer. Il a encore d'autres messages moins importants qu'il lira plus attentivement demain. Il envoie un e-mail à tous pour leur demander d'être présents ce samedi. Il sait qu'il leur demande de changer leurs projets mais c'est l'enquête d'abord et chaque jour compte.

Sur le trajet qui le ramène à son domicile il fait la liste des priorités : interroger les élèves de Madame Ogawa, interviewer Monsieur Sato, trouver l'identité du jeune homme qui accompagnait Maïwa, prendre la déposition du dénommé Ahiko, appeler le médecin du foyer en espérant qu'il pourra les aider à trouver le psychiatre de Maïwa. Ils ne seront pas de trop pour avancer dans ces tâches. Il réalise soudain que, bien que tous connaissent son identité complète, le prénom de Maïwa leur vient spontanément lorsqu'ils parlent de leur victime. Il se demande si c'est dû à sa jeunesse, sa fragilité ou si c'est une intimité qu'ils partagent avec elle. Ce n'est pas nouveau qu'un prénom devienne ainsi le centre d'une enquête, comme un titre, mais aussi comme une humanité rendue à ce qui est monstrueux.

SAMEDI

Ji est déjà présent lorsque Costa arrive. Il lit ses e-mails tout en buvant un café. Il l'accueille avec un immense sourire.

– Félicitations !

– Je suis trahi par mon sourire. Merci, et surtout pour m'avoir permis d'avoir cette discussion. Maintenant je suis tout à l'enquête.

– Heureux de l'apprendre. J'entends nos collègues arriver. On va pouvoir faire un point de la situation et se répartir différentes tâches que j'ai listées.

Anna et Leyvraz se joignent à eux. Costa les remercie de leur disponibilité, il résume la situation ; pour leurs deux collègues c'est un soulagement de savoir qu'ils ont l'identité de la victime. Ji les informe qu'il a reçu la liste des élèves de Madame Ogawa. Ils sont au nombre de six. Anna et Leyvraz proposent de les joindre par téléphone. Ji fera de même pour Monsieur Sato et Costa se charge du médecin du foyer.

La matinée s'écoule doucement. À 10 heures ils se réunissent pour faire un point. C'est Costa qui commence.

– J'ai réussi à joindre le médecin, le Docteur Lecoultre. L'infirmière l'avait averti de notre appel, il avait déjà contacté le médecin cantonal pour la levée du secret professionnel et s'est montré très collaborant. Selon lui, Madame Herminjard ne reconnaît plus sa fille, elle l'identifie comme sa propre mère. Lorsque Madame était en début de maladie, il a fait un historique de sa vie, ce qui aide à comprendre ses réactions actuelles. Sa mère était maltraitante, alcoolique, elle aurait pratiqué la prostitution. L'enfance de Madame a été faite d'abus, de violences physiques et elle aurait décrit des scènes d'enfermement dans des placards. C'est plus tard, pendant sa scolarité, qu'une maîtresse a dénoncé la situation, alertée par des hématomes et des comportements de retrait de l'enfant. Elle a été placée dans un foyer jusqu'à ses 18 ans. Elle dit s'en être bien sortie grâce aux éducateurs et à une psychologue qui l'ont beaucoup aidée. Elle a pu faire une formation d'employée de bureau.

C'est dans le cadre de son travail qu'elle a rencontré son futur mari. De leur mariage est née Maïwa. D'après le Docteur Lecoultre elle se serait considérablement investie dans cette nouvelle famille qui devenait réparatrice de son passé. Lorsque son mari est décédé d'un accident de moto, trois ans après leur mariage, elle s'est enfermée en elle, une phase dépressive qui l'a amenée à une hospitalisation. Sa fille a pu être placée chez ses beaux-parents ; ceux-ci l'ont beaucoup soutenue et lorsque sa mère a pu sortir de l'hôpital, ils ont continué à la voir, jusqu'à leur décès quelque dix ans plus tard, à quelques mois d'intervalle. Ce fut un nouveau choc mais elle ne sombra pas. À ce moment de sa vie elle s'était construit un cocon dont le centre était Maïwa. Pour le médecin comme pour l'infirmière, leur relation était symbiotique ; Madame n'a jamais renoué de relation avec un homme se consacrant uniquement au bonheur de sa fille. Selon lui, celle-ci ne supportait pas la confusion de sa mère ; il l'a reçue plusieurs fois dans son cabinet, il la voyait dépérir au fur et à mesure que l'état de sa mère se détériorait. Il a fini par lui conseiller de consulter un psychiatre et lui a donné le nom du Docteur Pitivier. Il pense qu'elle l'a rencontré, ne l'ayant plus sollicité. J'ai essayé d'atteindre ce dernier mais il n'a pas répondu, je lui ai laissé un message pour qu'il nous recontacte.

Un silence accueille ce résumé, Ji réagit le premier :

– Quelle vie ! Est-ce qu'on sait si Maïwa était au courant du passé de sa mère ?

– J'ai posé la question, le Docteur Lecoultre ne le sait pas, il y a fait allusion sans obtenir de réaction de Maïwa. Son hypothèse c'est qu'elle en connaissait une partie mais pas tout. On en saura plus avec le psychiatre. Je vais faire les démarches auprès du conseil de santé pour qu'il ne nous oppose pas le secret professionnel pour se taire. Bien que ce ne soit pas nécessaire dans le cadre d'une enquête pour meurtre, je préfère avoir tous les atouts de notre côté.

Ji continue :

– J'ai contacté Monsieur Sato. Très âgé, il se déplace difficilement et m'a demandé si l'on pouvait passer à son domicile. Il m'a expliqué qu'en plus de sa connaissance des haïkus, il pratique la calligraphie. Je l'ai un peu questionné sur les raisons de son expatriation.

Il m'a expliqué qu'au Japon, il y a une forte xénophobie surtout envers les Coréens ; comme son père japonais s'est marié avec une Coréenne, la société les a ostracisés. Lorsqu'il a commencé la calligraphie, elle l'a rejeté. Il a choisi de venir ici, où personne ne le connaissait, pour pouvoir exercer son art et depuis cinquante ans, il ne le regrette pas. Il se dit heureux de pouvoir nous aider même s'il pense que Madame Ogawa en sait autant que lui sur les haïkus. Nous avons fixé un rendez-vous lundi à 10 heures.

Au tour d'Anna et Leyvraz de leur faire part de leur avancée. Ils ont pu atteindre chaque élève. Madame Ogawa ne les avait pas avertis de leur appel et ils se sont montrés surpris de l'intérêt de la police pour leur cours. Aucun d'eux ne connaissait la victime et tous ont des alibis pour l'heure supposée du crime. Ils ont commencé à vérifier ceux-ci avec moins de succès pour atteindre les personnes.

Leyvraz ajoute qu'il a reçu un téléphone d'un jeune homme, Marco. Celui-ci a vu une des affiches à la réception de l'université et dit avoir reconnu Maïwa. Très inquiet de savoir ce qui lui est arrivé, il a accepté de venir les voir ce matin encore. Costa pense qu'il s'agit du garçon vu avec elle, il est impatient de l'interroger.

Costa propose à Anna et Leyvraz de continuer leurs démarches téléphoniques ; quant à lui et Ji, ils vont retourner à l'appartement pour s'intéresser de plus près à la bibliothèque. Costa est persuadé que celle-ci leur livrera des secrets et une image plus claire de qui était Maïwa. Pierre lui a indiqué par e-mail qu'ils avaient fini les investigations scientifiques, libérant la place.

À l'appartement, Ji, bien qu'averti, se montre tout aussi surpris qu'eux par la décoration des lieux. Devant la bibliothèque, où se trouve une bonne centaine de livres, il hésite. Le travail semble ardu et en plus ils ne savent pas vraiment ce qu'ils cherchent. Chacun se place à un bout des rayonnages et ils commencent à feuilleter les livres. Ji est impressionné par le classement alphabétique des ouvrages, par auteur et non par genre. Il commence donc par Zola. Comme Costa, il constate que les livres ont été lus. Les pages sont cornées et parfois de petites taches, écrasements de moucherons ou gouttelettes de café, racontent le parcours du lecteur. Aucun indice dans les premiers, il s'interroge sur l'utilité d'une telle démarche lorsque Costa lui signale qu'il a trouvé, entre deux pages, une lettre. Il lui en fait la lecture. Officielle, elle informe Madame Herminjard du décès de sa mère à l'âge de 45 ans. C'est aussi une convocation à la police, tous deux se demandent pourquoi. Costa met la lettre de côté et continue sa quête.

Ji repère plusieurs livres d'un auteur qui lui est inconnui, un certain Watzlawick, où plusieurs passages sont surlignés avec des commentaires dans les marges.

Intrigué, il va lire qui est cet auteur qui a intéressé la mère ou la fille. Il s'agit d'un psychologue jungien, psychothérapeute et sociologue. Les titres des ouvrages sont en eux-mêmes une histoire: *La réalité de la réalité*; *Faites vous-même votre malheur*. Une des phrases surlignées attire son attention et il prend le temps de la lire attentivement: «Une idée, pour peu qu'on s'y accroche avec une conviction suffisante, qu'on la caresse et la berce avec soin, finira par produire sa propre réalité.[1]» En marge, il lit le commentaire, «ma spécialité!!!». Perplexe, pas certain d'avoir saisi le sens de sa découverte, il met ces livres de côté, conscient qu'ils devront se pencher dessus ultérieurement.

À mesure du temps qui passe, la pile des livres extraits de la bibliothèque grandit. La plupart sont des ouvrages de psychologie ou de philosophie. L'écriture dans les marges est identique; petite, nerveuse avec des lettres si serrées entre elles que parfois elles se chevauchent en rendant la lecture difficile. Il faudra qu'ils trouvent des exemples de l'écriture de chacune, mère et fille, pour savoir à qui ils doivent attribuer ces annotations. Ji imagine qu'il s'agit de Maïwa et qu'elle a ainsi raconté quelque chose de ses questionnements, de son caractère, voire de son mal-être. Il fait part de ses réflexions à Costa, qui est arrivé à la même hypothèse. Les auteurs qu'il a trouvés sont évocateurs: Freud, Lacan et bien d'autres, en lien avec la psychologie.

– On pourrait croire que cette jeune fille fait des études de psycho plutôt que de lettres. J'ai moi aussi ce genre de livres dans ma bibliothèque. Avant d'entrer dans la police, j'ai fait deux ans de psychologie

1. Boris Cyrulnik, *Faites vous-même votre malheur*, Seuil 2009, p. 54.

à l'université, cela me passionnait mais je n'y trouvais pas mon compte. Trop abstrait pour moi, j'avais besoin d'action. Parfois je me dis que mon travail d'enquêteur n'est pas si éloigné de celui du psychiatre : il faut pareillement sonder l'âme humaine pour comprendre ce qui motive un crime.

Ji est surpris de la confidence, il n'imaginait pas Costa en étudiant assidu. Il comprend cependant que ses connaissances doivent être un atout dans leur métier et particulièrement dans cette enquête. Le suicide, si souvent évoqué par ceux qui connaissaient la victime, mélange les cartes. Le mal de vivre semble avoir habité Maïwa. Malgré les incongruités de la scène primaire, du haïku sur le corps, ils devront s'interroger sur la possibilité qu'elle ait pu mettre tout cela en scène par elle-même. L'autopsie, il l'espère, leur donnera plus de réponses.

La sonnerie du portable de Costa vient interrompre le fil de ses pensées. Il peut suivre ce qui se dit, ce dernier ayant mis le haut-parleur.

– Bonjour, Docteur Pitivier à l'appareil, vous m'avez laissé un message.

– Effectivement. Je me présente, inspecteur Costa Diaz. Dans le cadre d'une enquête, nous aimerions savoir si Madame Maïwa Herminjard est une de vos patientes.

– Oui. Que se passe-t-il ?

– Nous devons vous rencontrer aujourd'hui et vous informerons à ce moment.

– Je ne travaille pas aujourd'hui et je suis en famille. Je ne suis pas disponible.

– Je me permets d'insister, pour l'instant il s'agit d'un entretien informel. Nous n'aimerions pas devoir utiliser une convocation officielle.

Il sent le psychiatre hésiter.

– Bien, si vous insistez, j'imagine que je n'ai pas le choix. Je vais m'arranger pour vous recevoir.

Il donne son adresse et Costa lui confirme qu'ils seront sur place d'ici trente minutes. Ils amènent leur pile de livres au poste. Leurs deux collègues ont terminé leurs téléphones et semblent désœuvrés. Le jeune Marco ne s'est pas encore présenté. Costa leur demande de le retenir au poste jusqu'à leur retour s'il vient en leur absence. Il demande à Anna de se pencher sur les écritures en marge et d'essayer de leur en faire un résumé. À Leyvraz il transmet le courrier officiel du décès de la grand-mère de Maïwa et espère qu'il retrouvera la raison de la convocation de sa mère à la police et les circonstances du décès.

Lorsqu'ils arrivent à l'adresse indiquée, ils découvrent un quartier de maisons identiques, façades saumon, portes en bois, volets verts et chacune a un petit jardin séparé des autres par une haie de thuyas.

– On dirait un décor de série américaine.

Costa rit au commentaire de Ji. Des places de parking sont à disposition. Des enfants jouent au ballon devant les voitures, l'un d'eux leur indique la maison. L'homme qui vient leur ouvrir a les cheveux grisonnants. Grand et mince, il porte bien la cinquantaine.

– Allons dans mon bureau.

Le ton est sec, cette intrusion dans sa vie privée ne lui plaît pas et il le fait savoir.

Ils traversent un salon lumineux dont le mobilier est d'une banale modernité. La pièce où ils se rendent est vaste, la lumière y est tamisée. En face de l'entrée se trouve un grand bureau en acajou surmonté d'un tableau imposant au sujet sombre, personnages grimaçants comme en proie à des cauchemars. Le choix surprend les policiers qui se jettent un regard ébahi. À leur droite, un espace plus intime, table basse entourée de fauteuils en cuir et canapé où leur hôte leur fait signe de s'installer. Ils n'ont croisé personne et se demandent si l'homme vit seul dans ce grand espace. Comme s'il avait deviné leur perplexité, le psychiatre leur indique qu'il a demandé à son épouse d'aller promener leurs enfants.

Costa explique en quelques mots la raison de leur venue. Il ne parle pas de crime, se contentant de signifier le décès et observe la réaction de son interlocuteur. Le visage de celui-ci ne laisse rien paraître, c'est d'un ton glacial qu'il rétorque :

– Elle s'est donc suicidée. Je dois dire que je ne suis pas surpris.

– Pouvez-vous nous dire pourquoi ?

– Je suis lié par le secret professionnel et n'ai pas à répondre à cette question.

Costa, avec un certain plaisir, lui montre la confirmation de la levée de ce secret par le conseil de santé. Il précise, avec un petit sourire, qu'ils n'auraient pas eu besoin de cette autorisation au vu de la situation d'urgence et que, sans doute, le psychiatre est au courant de cette mesure.

– Cette jeune fille est venue me consulter il y a environ trois mois. Elle était très perturbée. J'ai vite compris qu'elle souffrait d'un trouble de la personnalité dépendante. Elle a rapidement fait un transfert sur moi, par manque d'une image masculine dans son entourage. Sa dépendance à la thérapie a pris des proportions excessives. Elle ne supportait pas que je m'absente ou que je ne sois pas disponible. J'ai dû mettre un cadre à la relation.

– Pouvez-vous nous en dire plus ? Pourquoi était-elle si perturbée ?

– Comme je vous le disais, sa dépendance était importante, elle avait une relation symbiotique avec sa mère qui l'a élevée seule. Elle n'avait aucune autonomie, sa mère subvenait à tous ses besoins, repas, lessive, argent. Elle avait des problèmes de fonctionnement interpersonnel, une incapacité à créer des liens avec les autres. Son estime d'elle-même était faible. Lorsque la maladie de sa mère s'est déclarée, son monde s'est écroulé. Elle était en plein deuil blanc.

– De quoi s'agit-il ?

– Elle devait faire le deuil de sa mère avant sa mort réelle.

Costa remarque que le psychiatre ne prononce jamais le nom de la victime. Son ton reste professionnel, dans une distance émotionnelle. Volontairement il personnalise ses questions.

– Maïwa a donc fait un transfert sur vous, n'est-ce pas habituel dans une thérapie ?

Le psychiatre sursaute à l'énoncé du prénom. Son ton reste froid lorsqu'il répond.

– Oui, Freud a beaucoup écrit sur le transfert, il souligne que le rôle du thérapeute est de dompter les phénomènes de celui-ci. Dans le cas de ma patiente, j'ai clairement été vécu comme le père manquant. Elle m'a octroyé une autorité, attendant de moi que j'assume toutes ses décisions, que je lui offre mes conseils et la rassure de manière excessive.

– Si je résume, Maïwa est venue vous consulter en pleine crise, déstabilisée par la maladie de sa mère et vous a investi comme une figure paternelle. En quoi est-ce que cela explique qu'elle ait mis fin à ses jours ?

– Elle souffrait d'une comorbidité dépressive. Des idées noires présentes surtout en fin de journée et la nuit. Ce qui fait que je ne suis pas surpris qu'elle soit passée à l'acte en fin de journée.

Ji qui jusque-là n'est pas intervenu réagit instantanément :

– On ne vous a pas dit à quel moment elle est décédée.

Le psychiatre semble déconcerté.

– Vous êtes sûr ? J'ai sans doute extrapolé, me souvenant de ses paroles.

– Si elle tenait des discours suicidaires comme vous nous le relatez, pourquoi ne l'avez-vous pas hospitalisée, pour la protéger ?

Si le ton du psychiatre avait paru moins percutant précédemment, il reprend vite son arrogance pour répondre à cette question de Ji.

– L'hospitalisation n'est pas recommandée dans les troubles de la personnalité, elle est même délétère. Les menaces suicidaires sont courantes, souvent dans le but de s'assurer que le psychiatre ou l'entourage s'inquiète suffisamment de sa personne. Comme il est courant d'avoir des automutilations ou des conduites à risque. Sa mère étant encore en vie, je n'imaginais pas qu'elle passerait à l'acte.

– Étiez-vous au courant que cette dernière la confondait avec sa propre mère et qu'elle évoquait des maltraitances ?

Le psychiatre à nouveau hésite à répondre, il semble chercher à esquiver la question.

– Qui vous en a parlé ?

– Le médecin du foyer où est placée Madame Herminjard et l'infirmière qui s'en occupe.

– Je vois. Elle a évoqué cette confusion due à la maladie de sa mère. Cela revenait souvent dans son discours, elle souffrait beaucoup d'être devenue le bourreau de sa mère.

– Était-elle au courant du passé de celle-ci ?

– Elle savait peu de choses pendant qu'elle partageait sa vie avec sa mère, sur sa jeunesse en foyer pour cause de maltraitance. À partir du moment où elle s'est retrouvée confrontée à la fausse reconnaissance de sa mère, elle a fait quelques recherches. Elle a découvert que sa grand-mère était une prostituée alcoolique ; elle avait laissé sa fille subir des abus de certains de ses clients; elle la battait, l'enfermait dans des placards et la négligeait. Ces découvertes l'ont bouleversée, la même question revenait de manière récurrente: jusqu'où ressemblait-elle à cette grand-mère? Ceci pour en arriver à s'identifier à elle.

– C'est-à-dire?

– Elle s'est mise à consommer de l'alcool, elle s'est prostituée. Comme un besoin de donner raison à sa mère, comme si elle prenait possession de l'identité qu'elle lui attribuait, se confondant avec sa grand-mère, jusqu'à se perdre.

– Au point qu'elle aurait pu se suicider?

– Peut-être.

– Et sachant tout cela, vous n'avez pas réagi?

Costa a laissé Ji prendre le contrôle de l'interrogatoire. Il observe l'attitude du psychiatre. S'il a l'air surpris de l'agressivité de Ji, son professionnalisme reprend vite le dessus avec des réponses données sur le ton doctoral de celui qui possède la connaissance, celui qui sait.

– Comme je vous l'ai expliqué précédemment, j'avais un lien fort avec ma patiente, je le pensais suffisant pour qu'elle s'engage à ne pas passer à l'acte.

– Oui, mais selon vous elle l'a fait, donc vous vous seriez trompé.

Le psychiatre ne répond rien. Costa reprend le fil de l'interrogatoire.

– En fait, les éléments que nous détenons ne parlent pas pour un suicide mais pour un meurtre.

– Un meurtre! Qui aurait bien pu vouloir la tuer?

– C'est ce que nous cherchons à savoir. Vous a-t-elle parlé d'un jeune homme, de son âge, avec qui elle sortait?

– Non, elle parlait plutôt de sa solitude.

– Vous avez évoqué des automutilations, Maïwa s'en faisait-elle?

– Parfois, lorsque sa souffrance devenait insupportable. Ces automutilations restaient superficielles, quelques coupures avec des lames de rasoir, des coups qu'elle s'infligeait, mais selon elle, cela ne la soulageait pas. Elle a arrêté ces comportements autodestructeurs, c'est là qu'elle a commencé à boire et à essayer la prostitution. Peut-être qu'un de ses clients l'a tuée ?

– A-t-elle évoqué des relations sadomasochistes ?

– Non, juste qu'elle se faisait payer. Mais ce n'est arrivé que deux fois. Pour moi c'était un acte d'autopunition.

– Comment cela ?

– Elle se sentait coupable de ressembler à sa grand-mère et de ramener ainsi sa mère dans des souvenirs de maltraitance. Bien qu'absurde, elle portait la responsabilité de la réminiscence douloureuse de sa mère.

– Était-elle intéressée par la culture japonaise ?

– Pourquoi cette question ? Je ne vois pas le rapport avec ses études en lettres.

Costa ne donne aucune explication. Leur découverte du haïku reste un élément qu'il ne tient pas à divulguer. Il regarde Ji pour savoir s'il a d'autres questions. Celui-ci lui fait signe que non. Il remercie le psychiatre tout en lui précisant de rester à leur disposition.

Devant la maison se trouve une jeune femme avec une poussette et un petit garçon qui semblent attendre de pouvoir retourner chez eux. Elle leur jette un regard inquiet. Les deux policiers la saluent, ils comprennent qu'il s'agit de l'épouse du psychiatre. Costa remarque que son attitude corporelle est particulière. Bien que jolie, elle semble repliée sur elle-même, épaules voûtées, la tête baissée, regard au sol ; son fils se tient collé à elle, indifférent aux autres enfants, comme pour protéger sa mère ou se protéger. Elle sursaute lorsque son mari apparaît sur le pas-de-porte, lui faisant signe de rentrer. Costa ressent un malaise à ce spectacle. Il regarde la porte qui se referme sur eux. Quelque chose en lui aurait eu envie d'intervenir, un sentiment de danger le traverse.

Ce n'est que dans la voiture que les deux hommes commentent, Ji est particulièrement virulent.

– Je n'aime pas ce psychiatre, il est désagréable et suffisant. As-tu vu comme il rechignait à répondre à nos questions ? Je ne crois pas du tout à son explication concernant le moment du décès. Et sa femme ressemble à une femme battue. Quel âge a-t-elle ? Même pas 30 ans, c'est indécent !

– Calme-toi. Je partage ton sentiment et on va regarder de plus près qui est ce psychiatre. Je vais interroger Marrel : il en a peut-être entendu parler et Anna se fera un plaisir de faire quelques recherches sur internet.

– Heureux que tu sois de mon avis. On ne va pas le lâcher.

– Et comment !

Ils retournent au poste. Un partage d'informations s'impose, Costa espère que leurs collègues auront bien avancé.

Ils sont tous les quatre réunis et bien qu'ils aient l'air fatigués, Costa remarque un sourire de contentement sur le visage d'Anna et même Leyvraz a le regard qui pétille.

Ils font un résumé de leur entretien avec le psychiatre. Comme Ji bougonne toujours autour de sa personnalité, Anna ne peut s'empêcher un commentaire ironique.

– C'est lui en particulier ou tu n'aimes pas les psys ?

– Lui. Mon psychiatre n'est pas comme ça, il ne se prend pas pour le nombril du monde.

Ji voit le regard étonné de ses collègues. Avec un petit sourire gêné il ajoute :

– Vous savez bien que j'ai eu des problèmes et même si je le pensais au début, on ne s'en sort pas tout seul.

– Désolée, je ne voulais pas être indiscrète.

– Bon, ce n'est pas tout ça, on se fera des confidences à un autre moment. Anna où en es-tu ?

Costa est intervenu, reprenant son rôle de leader.

– J'ai fait des découvertes intéressantes. Tout d'abord, c'est certain que les annotations sont de Maïwa. Tous les passages ont un lien entre eux, comme une quête de sens à la vie, un besoin de compréhension. Elle a commencé à mettre son nom au début des ouvrages et des dates ; j'ai fait une chronologie de ses lectures et plus j'avançais, plus je découvrais qu'elle utilisait le livre comme un journal intime sans plus faire de lien avec le texte de l'auteur. Le plus intéressant est selon moi dans le dernier. Entre les paragraphes elle se livre complètement. Je vous lis des passages.

Anna prend un livre qu'elle feuillette rapidement.

– Voilà !

6 juillet : « Aujourd'hui, archive, horrible, je la déteste. »

7 juillet : « Comment a-t-elle survécu ? Je n'aurais pas pu, je suis le monstre maintenant » ; **le même jour** : « IL me dit que je ne suis pas responsable, IL a raison et IL a tort. »

9 juillet : « Une photo ! Elle, moi qui suis-je ? » Et plus loin : « Je me regarde dans le miroir, je la vois, je casse le miroir. Dans chaque éclat je la trouve, je la hais, je me hais. »

12 juillet : « J'ai déchiré la photo. J'ai brûlé chaque morceau dans l'évier pour qu'elle disparaisse ! »

15 juillet : « IL me dit que je me perds. »

18 juillet : « Pute de luxe et elle pute de trottoir ! » Même date : « Son regard qui m'accuse, qui supplie, je ne peux plus aller la voir. »

20 juillet : « IL dit, se différencier ».

21 juillet : « J'ai essayé : Je ne suis pas ta mère. Elle a pleuré comme un bébé. Je n'en peux plus. »
23 juillet : « IL dit que je me dissocie. Je lui ai répondu réincarnation. IL m'a proposé de l'alcool, j'ai refusé. »
Sans date : « J'ai fait le test » et « je sais comment elle est morte, elle a payé ! »
À la dernière page : « Je n'arrive plus à rien. À quoi ça sert ? »

Ils ont écouté sans l'interrompre la longue liste de cette descente aux enfers. Ji dans un raclement de gorge se risque à un commentaire, brisant le silence pesant :

– Cette jeune fille était torturée par sa relation avec sa mère.

– Toutes les annotations sont du mois de juillet, donc peu avant sa mort. Je vous enverrai tout cela par écrit et résumerai le reste de ce que j'ai trouvé dans les autres ouvrages.

Costa la remercie de son travail et lui demande s'ils peuvent espérer avoir ce résumé rapidement. Anna soupire.

– Je vais m'y attaquer demain. Heureusement je n'avais rien de prévu.

– Merci, je sais que j'en demande beaucoup ; essaye d'avoir un peu de temps pour toi, que cela ne prenne pas tout ton dimanche.

Costa se tourne vers Leyvraz qui semble impatient de donner à son tour ses informations.

– J'ai retrouvé le rapport du policier qui a convoqué Madame Herminjard au poste. Ils ont découvert le corps de sa mère, en bordure de forêt, poignardé à six reprises. Le policier n'est pas avare de détails. La robe blanche est tellement imbibée du sang de la victime qu'elle en devient rouge. La femme est décrite comme vieillie par les excès de sa vie. Il se permet même un commentaire sur le peu de clientèle qu'elle devait avoir, vu sa décrépitude. Ils n'ont jamais élucidé ce crime et en ont déduit qu'il devait s'agir d'un client de passage.

Ji réagit :

– Il y a des similitudes : un crime dans la nature, une robe rouge ! Qu'est-ce que cela veut dire ? Est-ce que quelqu'un a remis en scène le crime de la grand-mère ? Aurait-elle pu le faire elle-même ? Quelqu'un l'aurait-il aidée à se suicider ? Et dans ce cas, qui était au courant de ce désir ? Tout le monde parle de sa dépression, même ce que tu as lu, Anna, va dans ce sens. J'en viens à me demander si elle ne s'est pas suicidée en reproduisant un événement du passé de sa grand-mère qui la faisait souffrir, comme elle s'était identifiée à elle en testant la prostitution.

Costa reste silencieux : ce que vient de soulever Ji est plausible ; il réfléchit intensément.

– Que fais-tu des pieds nus, dépourvus de blessure ?

– Elle aurait pu jeter les chaussures en bas de la falaise, les rendant introuvables. Il lui suffisait alors de quelques mètres pour se placer au bout du champ, en bordure de forêt. Si quelqu'un l'a accompagnée dans cet acte suicidaire, il ou elle a pu partir avec les chaussures.

– Et le haïku ? Elle se le serait fait elle-même ? Marrel n'a-t-il pas dit qu'il avait été exécuté post mortem ?

– Il a constaté qu'il n'y avait pas de saignement. Mais si elle l'a fait avant, chez elle, ce serait une explication.

– Lundi il y a l'autopsie, on discutera avec Marrel de cette possibilité. Ce serait machiavélique comme mise en scène.

– C'est vrai, mais c'est possible.

– Pour l'instant on continue notre enquête en gardant cela à l'esprit.

– Une chose encore, ne crois-tu pas que l'on devrait aller questionner les filles ?

Ce que suggère Ji d'aller enquêter dans le milieu de la prostitution fait soupirer Costa.

– Tu as raison, le message du haïku, la grand-mère et ses propres expériences, on ne peut pas ignorer ces éléments. J'ai eu quelques enquêtes qui m'ont amené dans ce milieu et j'ai noué des liens avec une fille en particulier. Je vais aller la voir, si elle a vu Maïwa, elle me le dira.

Ils vont se séparer lorsque Marrel appelle Costa. Il met le haut-parleur pour que tous participent.

– On est tous là, on t'écoute.

– J'ai pensé que vous aviez fait des recherches sur d'anciennes affaires similaires à ce qui nous occupe.

– Effectivement mais on n'a rien trouvé.

– De mon côté je suis allé rechercher dans les rapports d'autopsie concernant des suicides.

– Et ?

– J'ai trouvé deux cas qui ont des points communs avec notre victime. Deux jeunes femmes décédées dans la nature, vêtues de robes et surtout qui avaient des mutilations sur le corps.

– Pourquoi ces deux décès n'ont-ils pas provoqué d'enquête ?

– Le légiste a conclu à des suicides et les affaires ont rapidement été classées ; vous trouverez sans doute des rapports de police ils n'ont pas été plus loin. Je vous ai envoyé les dossiers avec les photographies des victimes.

– Merci. Et la cause de la mort ?

– Ingestion massive de phénobarbital. J'ai fait des prélèvements sur notre victime pour qu'on ait rapidement des résultats. S'il s'avère que c'est la même substance qui est la cause du décès, nous nous trouverons en présence de trois meurtres.

– Cela change tout.

– Les photographies des mutilations m'ont rappelé celles de Maïwa. Ce serait bien de les faire analyser par votre professeure de japonais.

– Merci Marrel, joli travail.

Lorsqu'il se tourne vers ses collègues, Costa remarque sur leur visage un abasourdissement provoqué par ces nouveaux éléments. Ji réagit le premier.

– On aurait affaire à un tueur en série ?

– Peut-être. On va étudier ces rapports d'autopsie et rechercher ceux de la police qui nous ont échappé.

– Nous ne sommes pas encore rentrés.

Ji envoie un message à Larissa. Il apprécie qu'ils partagent le même métier, ce qui permet d'en comprendre les aléas. Costa demande à Leyvraz d'aller leur chercher des sandwichs. La soirée sera longue.

Chacun a pris sa part du travail. Anna et Leyvraz recherchent les rapports des policiers qui ont fait la levée du corps. Ji et Costa se sont penchés chacun sur un des rapports d'autopsie. Après deux heures de lecture attentive ils se retrouvent pour faire le point. Ji commence :

– Ma victime se nomme Léa Genton, âge 35 ans. Décédée suite à une ingestion mortelle de phénobarbital. Aucune trace de violence. Un rapport sexuel quelques heures avant son décès. Pas de trace de viol. Les mutilations sont décrites comme possiblement faites par elle-même. Le décès remonte au mercredi 3 avril, entre 18 heures et 22 heures.

Anna prend la suite :

– Le rapport de police est succinct. Une certaine Corinne Michaud l'a découverte le jeudi 4 avril à 6 heures du matin. Le lieu : une petite plage éloignée de toute habitation. Elle était étendue comme endormie à même les galets. Madame Michaud, en voyant la robe courte et faite de paillettes argentées, a imaginé qu'elle était une fêtarde qui avait fini sa nuit sur cette plage. Elle a voulu la réveiller trouvant que l'endroit n'était pas fait pour dormir. Lorsqu'elle a réalisé que la jeune femme était décédée, très choquée, elle a appelé la police. L'enquête n'a pas trouvé d'indices indiquant l'intervention d'une tierce personne. Suite au rapport d'autopsie et à l'interrogatoire du psychiatre qui la suivait...

Anna laisse sa phrase en suspens et a un sourire narquois. Ji réagit immédiatement :

– Le Docteur Pitivier ! Quelle surprise.

– Oui, le Docteur Pitivier qui a diagnostiqué une dépression suite à du mobbing dans son travail. Avec ces deux éléments l'enquête a conclu à un suicide et s'est arrêtée.

Leyvraz intervient :

– Vous allez aimer, dans mon rapport le Docteur Pitivier est aussi présent.

Ji fulmine :

– Ce n'est pas un hasard, ce psychiatre est partout. On va pouvoir le convoquer de manière officielle pour qu'il s'explique. Pour moi il devient très suspect.

Costa calme Ji :

– Je suis d'accord avec toi, mais pour l'instant nous n'avons rien qui prouve qu'il serait intervenu dans ces décès.

Ji persévère :

– Trois victimes de sa clientèle décédées par prise d'un médicament auquel il a accès. Pour moi cela fait beaucoup.

– Si notre Maïwa est aussi décédée à cause d'une ingestion de phénobarbital. Pour l'instant on n'en sait rien. Mais on va l'interroger et le confronter.

Costa continue avec le résumé de son dossier d'autopsie :

– La victime se nomme Nina Picard, 23 ans, célibataire. Le décès remonte au mercredi 10 juillet entre 21 heures et minuit. Pas de rapport sexuel, pas de violence. Ingestion mortelle de phénobarbital. Automutilation sur le corps. Conclusion suicide.

Leyvraz prend la suite :

– Trouvée le jeudi 11 juillet à midi par son frère qui venait manger avec elle. Elle était étendue dans un parterre de fleurs, habillée d'une robe longue bleu nuit qu'il ne lui connaissait pas. Il dit avoir tout de suite compris qu'elle était décédée et a appelé la police. Le frère choqué répétait qu'elle s'était suicidée, qu'elle avait fait exprès parce qu'elle savait qu'il venait la voir et ainsi la trouverait. Un soutien psychologique a été mis en place pour lui. Les enquêteurs n'ont pas trouvé d'éléments prouvant l'intervention d'un tiers. Après le rapport d'autopsie et celui du Docteur Pitivier qui évoque une dépression suite à une rupture sentimentale, l'enquête a conclu à un suicide.

Ji remarque que chaque fois le crime est commis un mercredi en soirée. Une nouvelle similitude entre les trois affaires. Dans l'esprit des quatre policiers il n'y a aucun doute qu'elles sont liées. Costa prend la parole :

– Notre dimanche est compromis. Nous avons des enquêtes à mener sur ces deux nouvelles victimes. On reprend tout. Qui sont-elles ? Famille, travail, amis. Je vais informer le procureur de ces rebondissements. On va convoquer le psychiatre, dimanche ou pas, ainsi que Madame Ogawa, en espérant qu'elle soit disponible. Il faut qu'on avance.

Chacun acquiesce. Malgré la déception de ne pouvoir profiter d'un jour de repos, ils ressentent une excitation devant ces nouveaux éléments. Ji est particulièrement impatient de confronter le psychiatre, persuadé qu'ils tiennent leur coupable.

Alors qu'ils allaient se séparer, on les informe de la présence de Marco à la réception. Il a mis le temps mais s'est finalement décidé à venir. Costa comprend que tout à leur rebondissement, ils l'avaient oublié. Avec Ji, il se rend en salle d'interrogatoire où ils découvrent un jeune homme nerveux, le regard fuyant, visiblement plein d'inquiétudes de se trouver là. Costa est immédiatement en alerte face à ce comportement bien qu'il sache qu'avoir l'air coupable ne signifie pas l'être. Il prend place en face de lui, reste un instant silencieux à l'observer; ses cheveux sont noirs, une mèche rebelle tombe sans cesse sur ses yeux, d'un geste nerveux il la remonte sur son front. Le garçon est plutôt beau gosse et Costa l'imagine formant un couple harmonieux avec leur victime. Marco, bien que déstabilisé par l'attitude du policier, l'interpelle le premier.

– Pourquoi vous recherchez Maïwa? Que lui est-il arrivé?

– Vous n'avez aucune idée?

– Non, c'est pour cela que je suis venu. En fait, je la connais peu, je suis sorti une ou deux fois avec elle, c'était sympa. Elle n'a pas donné suite, alors je ne l'ai plus revue.

– Une fois ou deux fois?

– Deux fois. Je vous le dis comme c'est arrivé, la première fois on a bu un verre. Je la trouvais mignonne et elle m'attirait. La deuxième fois, elle m'a emmené chez elle et on a… enfin, vous voyez. Après elle n'a plus répondu à mes messages. J'ai trouvé ça dommage, mais bon, c'est comme ça maintenant, les filles elles n'ont pas forcément envie de sortir sérieusement avec des mecs.

– Ça vous a vexé qu'elle ne vous réponde pas?

– Non, pas plus que ça. Ce n'est pas la première fois. Depuis j'ai une copine et tout roule.

– Vous vous êtes rencontrés comment?

– Avec ma copine?

– Non avec Maïwa.

– À l'uni, je me suis assis à côté d'elle, je l'avais repérée et ça a matché. On drague pas mal dans les cours. C'est comme ça que j'ai rencontré ma copine d'ailleurs. C'est elle qui m'a dit de venir, moi je ne voyais pas trop pourquoi. Mais elle a insisté, alors je suis là.

Costa se fait la réflexion qu'il a de la difficulté à imaginer ce garçon en lettres. La pauvreté de son langage le désole. Il continue à l'interroger sur son emploi du temps le jour du meurtre, s'il connaît les autres victimes. Rien ne concorde et il n'en est pas surpris. Ji, appuyé contre le mur près de la porte, n'intervient pas. Il a un petit sourire narquois qui témoigne de son impression de perte de temps. Pour lui, la piste du psychiatre est bien plus sérieuse.

Lorsqu'il libère Marco, celui-ci semble soulagé mais perplexe. Il quitte rapidement les locaux, fuyant ce qui, pour lui, a dû être un calvaire. Costa demande à Leyvraz de faire une recherche sur lui, de sortir tout ce qu'il trouve, casier judiciaire, réseaux sociaux, famille, tout élément qui pourrait changer la donne. Puis il congédie tout le monde. Quant à lui, il va se rendre dans le quartier chaud de la ville.

Il décide de marcher jusqu'à la longue avenue où se trouvent les prostituées, celles qui font le trottoir, alpaguant les passants, faisant des signes, parfois obscènes, aux conducteurs. Ceux-ci, dans un ballet infernal, descendent et remontent la rue, ralentissant à chaque fille, voyeurs ou potentiels consommateurs. Costa, autant fasciné par le spectacle que honteux du comportement de certains hommes, ressent de la pitié pour elles. Il a rencontré Katia alors qu'il enquêtait sur le meurtre sordide d'une prostituée. Un peu plus âgée que la moyenne des filles, indépendante, elle pratique cette profession tout en étant militante, désireuse d'obtenir le respect de ce qu'elle considère comme un métier nécessaire. Katia a le sang chaud des femmes du Sud, elle défend assidûment les jeunes femmes, trop souvent victimes de souteneurs. Le crime de sa collègue l'avait profondément choquée. Elle avait collaboré avec Costa, sa connaissance du milieu, ses contacts maternels avec les filles lui avaient ouvert des portes, offert des renseignements que, sans elle, il n'aurait pas obtenus. Pour lui, c'est évident qu'elle est la personne à rencontrer: si Maïwa a mis un pied dans cette rue, elle le saura.

Il est encore tôt lorsqu'il arrive. La circulation plus fluide montre que les clients ne sont pas encore présents. À son passage, quelques filles présentes lui font, sans conviction, des propositions. Il reconnaît certains visages, mais la plupart sont nouveaux. Il ne trouve pas Katia sur le trottoir mais dans un café jouxtant l'avenue. En le voyant entrer, elle lui fait signe.

– Bonsoir inspecteur, qu'est-ce qui t'amène? J'espère que ce n'est pas un nouveau crime.

– Je te cherchais Katia. Comment se porte ton fils?

– Il pousse comme de la mauvaise herbe, il aurait bien besoin d'un père pour lui mettre des limites: tu me connais, je cède à tous ses caprices.

Elle lui avait demandé de l'aide lorsque la protection de la jeunesse avait voulu lui enlever la garde de son fils. Son témoignage avait été précieux et depuis il se sentait un peu le parrain de ce petit. Il prenait régulièrement de ses nouvelles, s'assurant que tout se passe bien.

– Je suis persuadé que tu fais au mieux. Je trouve que c'est un bon garçon.

Elle rit, contente du compliment.

– Bon, dis-moi ce qui t'amène dans le quartier.

Costa lui montre la photo de Maïwa. Elle la regarde attentivement, une interrogation dans les yeux.

– Que veux-tu savoir?

– L'as-tu vue?

– Peut-être.

– Katia, c'est important. Peut-être ne me suffit pas.

– Son visage me dit quelque chose, décris-la-moi.

Costa s'exécute. Un espoir fugace le saisit. Katia réfléchit, il voit qu'elle cherche à se souvenir.

– Par deux fois, j'ai vu une fille qui lui ressemblait. Elle marchait le long du trottoir. Je l'ai remarquée parce que ce n'était visiblement pas sa place : pas sûre d'elle, hésitante, mal fagotée. C'était soit une touriste, soit une toxico qui avait besoin de fric, débutante et maladroite. Des filles l'insultaient ; tu sais qu'on n'aime pas les nouvelles ici, chacune a un bout de trottoir et le défend. Bref, j'allais intervenir lorsqu'une voiture a ralenti et elle est montée.

– J'imagine que c'était la première fois que tu l'as vue.

– Oui. Elle est revenue deux soirs après. Son attitude avait un peu changé. Elle semblait plus sûre d'elle. Par contre, toujours aussi mal habillée. Je crois qu'elle avait rendez-vous, car il m'a semblé qu'elle montait dans la même voiture. Et comme tu veux sans doute savoir laquelle, j'ai reconnu un coupé Mercedes, couleur noir. Je me suis dit que c'était un couple qui réalisait un fantasme ; elle n'est jamais revenue.

– Je suppose que tu n'as pas vu le numéro de plaque.

– Non, par contre je suis certaine qu'il s'agissait d'un homme au volant. Des phares ont brièvement éclairé l'habitacle et j'ai distingué le conducteur. Je ne peux pas te le décrire, j'étais trop éloignée, juste que ses cheveux étaient foncés.

– Merci Katia, cela m'aide déjà beaucoup.

Costa resta encore un peu avec elle, l'écoutant parler de son quotidien ; elle partagea aussi ses soucis sur quelques filles en difficulté et qu'elle aidait au mieux. Lorsqu'il partit, il réalisa que cette nouvelle piste venait s'ajouter à la charge de ce qu'ils avaient à découvrir.

DIMANCHE

Dimanche, 9 heures, Costa arrive le premier. La veille il s'est écroulé et a dormi comme une masse. Au réveil il n'a pas eu le sentiment d'avoir récupéré. Son sommeil a été agité de rêves étranges où des femmes habillées comme des princesses se faisaient mitrailler par des hommes aux rires démoniaques, dépourvus de visage. Il en a ressenti un malaise et les rires résonnaient encore dans sa tête. Il sait le lien avec l'enquête mais contrairement aux femmes de son rêve, les victimes n'ont subi aucune violence, leur mort ressemble à un endormissement. Habillées de leur plus belle robe, endormies telle la Belle au bois dormant, sauf que dans cette réalité aucun prince charmant ne vient les éveiller d'un baiser. Les seuls héros de l'histoire sont peut-être bien eux, les policiers qui, en trouvant leur meurtrier, leur rendront justice. Costa sourit à cette métaphore et ses collègues qui arrivent lui jettent un regard intrigué. Il remarque leurs traits tirés, visiblement il n'est pas le seul héros fatigué. Ji, un café dans la main, lui dit avoir peu dormi, hanté par ces trois femmes. Il a, inutilement, ressassé les quelques éléments en leur possession. Anna et Leyvraz ne font aucun commentaire, plongés dans la lecture du tableau d'affichage où Anna, la veille, a inscrit les identités et les points communs entre les victimes.

Costa leur fait part du résultat de son enquête auprès de Katia. Ce nouvel élément est immédiatement inscrit sur le tableau par Anna. Ji grimace, il questionne:

– Si Maïwa a eu à faire avec un pervers, comme tu sembles le suggérer, qu'en est-il des autres victimes? On n'a aucun indice comme quoi elles se seraient prostituées!

– Tu as raison, mais l'homme est peut-être un opportuniste qui a profité de l'expérience que faisait Maïwa pour entrer en contact avec elle. L'un d'entre nous va devoir se renseigner sur les identités des personnes possédant un coupé Mercedes.

Leyvraz se propose. Cette tâche ardue ne le rebute pas. Ji rajoute qu'il faut se renseigner sur la marque de voiture du psychiatre.

Costa sourit devant l'obstination de Ji à être persuadé de tenir son coupable. Puis il les informe de ses démarches: après un contact avec le procureur, ils ont le feu vert pour rouvrir les enquêtes et ainsi convoquer à nouveau le psychiatre. Anna et Leyvraz vont se rendre à son domicile et le ramener au poste. Ji contactera Madame Ogawa pour lui montrer les photos des mutilations. Lui-même va téléphoner aux familles des précédentes victimes et essayer d'obtenir des rendez-vous. Il espère en leur chance pour trouver chacun des protagonistes.

Costa a cette chance, dès son premier appel, il trouve le frère de Madame Picard. Il accepte de venir au poste, se montre même empressé, lui assurant qu'il serait là d'ici trente minutes. Il ajoute être surpris de la réouverture de l'enquête mais qu'il n'a jamais cru au suicide de sa sœur.

Son deuxième appel, pour les parents de Madame Genton, n'est pas concluant et il laisse un message sur le répondeur.

Le frère est ponctuel. Sa poignée de main est ferme lorsqu'il se présente, Marc Picard. Costa est frappé de sa ressemblance avec sa sœur. Il lui semble aussi jeune qu'elle, il a la même blondeur, le regard est franc, d'un bleu si clair qu'il en paraît délavé, l'homme est grand et mince, son habillement ajusté au corps laisse deviner une musculature de sportif.

Une fois installé dans la salle d'interrogatoire, Costa lui demande s'il est d'accord pour que leur entretien soit enregistré. Le jeune homme ayant acquiescé, Costa peut commencer.

– Au téléphone vous m'avez dit ne pas croire au suicide de votre sœur, alors que, selon les policiers arrivés sur place, c'est la première chose que vous avez dite.

Il relit pour Marc les notes du dossier.

– Qu'est-ce qui vous a fait changer d'avis ?

– C'est vrai que sur le moment c'est la première chose qui m'est venue à l'esprit, car qui aurait pu vouloir lui faire du mal ? Ma sœur était la gentillesse incarnée, toujours à s'inquiéter pour les autres, disponible pour chacun. C'est ma cadette d'un an, notre lien était très fort. Elle me disait tout et c'était réciproque. Jamais elle n'avait évoqué l'idée de mettre fin à ses jours. Elle était déprimée, son copain avec qui elle sortait depuis ses 15 ans venait de la quitter. Le psychiatre qu'elle consultait une fois par semaine lui avait prescrit des antidépresseurs. Cela l'aidait beaucoup. On se voyait régulièrement et on se parlait chaque jour, je voyais qu'elle allait mieux, elle recommençait à faire des projets, on imaginait partir ensemble au Costa Rica. En y repensant après coup, rien ne cadrait avec un suicide.

– Lui avez-vous parlé le soir où elle est morte ?

– Oui, brièvement, elle m'a juste confirmé que tout allait bien. Elle pensait se coucher tôt et lire un moment.

– En avez-vous parlé avec les policiers ?

– Oui, je les ai recontactés, j'avais trop attendu, je n'étais pas sûr de moi. Ils m'ont dit que le dossier était clos, qu'aucun indice n'allait dans le sens d'un meurtre. J'étais désespéré, j'ai demandé à lire le rapport d'autopsie. J'ai eu encore plus de doute après cette lecture ; comment ma sœur se serait-elle procuré du phénobarbital ? Je ne suis même pas sûr qu'elle n'ait jamais su ce que c'était.

– Vous savez, avec internet, on est vite renseigné et on peut tout acheter.

– Cela signifierait qu'elle avait prémédité son geste et ça ne colle pas avec ce que j'ai observé avant son décès.

– Avez-vous une idée de qui aurait pu vouloir sa mort ?

– Je me suis posé cette question mille fois et je n'ai pas de réponse. Ça me torture encore.

– Son ex-compagnon ?

– Pourquoi aurait-il fait ça ? Il l'a quittée mais ce n'est pas un mauvais gars. Ils se sont juste rencontrés très jeunes et ils avaient pris des directions différentes.

– C'est-à-dire ?

– Il voulait faire une école de théâtre à Bruxelles. Elle venait de terminer son CFC de commerce et avait commencé dans un nouvel emploi. Elle avait des envies simples, travailler, avoir un mari et des enfants. Lui, c'est un artiste qui ne se voit pas dans une routine, il a des ambitions. Lorsque c'est arrivé, il était en Belgique et il a été dévasté par la nouvelle.

– Et vous-même, où étiez-vous ?

– Vous avez dû le lire dans le rapport de vos collègues, j'étais en montagne avec des amis, ceux-ci ont confirmé ma présence. Je ne suis rentré que le jeudi matin.

– J'ai lu que vos parents sont décédés dans un accident de voiture il y a deux ans.

– Oui, ça a été atroce, les perdre les deux, d'un coup. Cela nous a encore rapprochés ma sœur et moi ; maintenant, je suis seul.

Marc Picard est très ému. Costa entend le tremblement dans sa voix et comment il retient un sanglot. Il ne le montre pas mais il est touché par ce qui lui arrive et il espère pouvoir bientôt lui donner des réponses. Il met fin à l'entretien, le remercie d'être venu si rapidement et lui promet de le tenir au courant de la suite de l'enquête.

Alors qu'il se tire un café, Anna et Leyvraz arrivent, chacun d'un côté du psychiatre furibond. C'est d'une voix forte qu'il interpelle Costa :

– Qu'est-ce que c'est que ces méthodes ? Vous débarquez chez moi, un dimanche, et je me fais emmener devant mes enfants, ma femme et mes voisins. C'est un scandale et je vais en référer à vos supérieurs.

– Vous pouvez mais ce serait inutile, le procureur nous a demandé expressément de vous amener pour un interrogatoire.

Costa a pris son ton le plus sec pour répondre. Il l'invite à le suivre, l'informe qu'ils seront enregistrés, tout cela avec une grande envie de briser l'arrogance de cet homme. Il a demandé à Anna de se joindre à lui.

Il débute l'interrogatoire en l'informant de la réouverture d'une enquête concernant deux victimes qui avaient été suivies par lui.

– Cela fait trois femmes qui font partie de votre clientèle, décédées en l'espace de six mois. Nous pensons que vous êtes lié à ces crimes.

– Pourquoi ?

Costa voit la surprise sur le visage du médecin. Il enchaîne :

– Deux d'entre elles ont ingéré du phénobarbital, ce qui a causé leur décès. Nous attendons les résultats des analyses de la troisième. Cela fait beaucoup de coïncidences.

Le psychiatre ne rétorque rien. Costa voit à son expression qu'il réalise les conséquences de ce qu'il vient d'entendre.

– Les trois femmes ont été trouvées en pleine nature, vêtues de robes élégantes. Elles n'ont subi aucune violence, ni acte d'ordre sexuel. Elles sont toutes trois jeunes et toutes trois vous consultaient. Vous comprendrez que cela nous interpelle et que nous ayons quelques questions à vous poser.

– Oui.

L'homme paraît secoué par l'énumération des faits, il semble réfléchir intensément à ce qu'il vient d'entendre et son regard a perdu l'étincelle de colère qui l'animait précédemment.

– Chaque meurtre est survenu un mercredi en fin d'après-midi ou en soirée. Nous devons connaître votre emploi du temps pour les dates concernées. La première victime, Madame Léa Genton est décédée le 3 avril.

Le psychiatre sort son portable.

– Mon emploi du temps est sur mon agenda électronique. Le mercredi est un jour particulier. Nos enfants sont chez mes parents et mon épouse les récupère le jeudi matin. Pour elle c'est un jour de liberté où elle peut voir ses amies, aller au cinéma ou faire ce qu'elle veut. Moi je profite de travailler plus tard, quelquefois je vois des amis, mais souvent je rentre dès mon travail terminé et je profite de la tranquillité de la soirée. Le 3 avril, mon dernier client est parti à 18 heures, j'ai fait du courrier et révisé mes dossiers jusqu'à 20 heures. Puis j'ai rejoint un ami, je ne l'avais pas revu depuis des années et nous avons évoqué des souvenirs jusqu'à la fermeture du restaurant, vers minuit. Ensuite je suis rentré, mon épouse était à la maison et nous avons encore discuté de nos soirées respectives.

– Nous aurons besoin des références de votre dernier client et de votre ami.

Costa comprend que cet alibi peut le disculper du meurtre. À moins qu'entre 18 heures et 20 heures le temps soit suffisant pour un tel acte. Ce sera à eux de contrôler cela.

– La deuxième victime est Nina Picard, décédée le 10 juillet.

– J'ai fini au cabinet à 19 heures. Je suis rentré chez moi où j'ai regardé un film, puis je me suis couché avant le retour de mon épouse.

– Et le 5 septembre, décès de Maïwa ?

– Pareil.

Un seul alibi, fragile. Les autres soirs il aurait eu le temps de passer à l'acte.

– Quelle relation aviez-vous avec les victimes ?

– Que sous-entendez-vous par cette question ? Ma relation était de thérapeute à patient, rien d'équivoque et n'allez pas imaginer autre chose.

Le ton a repris de son arrogance. Visiblement il n'aime pas que l'on mette en doute son éthique personnelle.

– Avez-vous rencontré vos patientes en dehors de vos consultations ?

– Mais non jamais ! Je ne les ai même pas croisées en ville.

– Avaient-elles développé une attirance particulière pour vous ?

– Rien de plus que ce qui peut surgir dans un transfert. Madame Herminjard d'ailleurs était la seule à avoir développé une dépendance affective avec moi, sans doute due à son manque de père. Les deux autres souffraient d'une dépression réactive à des événements de leur vie. Madame Genton avait subi du mobbing au travail et Madame Picard venait de vivre une rupture douloureuse. Toutes deux avaient besoin de soutien et d'un antidépresseur. J'ai été surpris de leur suicide, enfin, ce que je croyais être leur suicide, car leur évolution était bonne.

– L'avez-vous dit aux enquêteurs ?

– Non, il arrive malheureusement que c'est lorsqu'on croit que les patients vont mieux qu'ils passent à l'acte. Il y a des hypothèses pour cela, leur état semble s'améliorer et c'est parce qu'ils ont pris leur décision ou que l'antidépresseur leur donne une nouvelle force qui leur permet de passer à l'acte. Je m'en suis voulu de ne pas l'avoir perçu.

C'est la première fois que l'homme témoigne d'une remise en question. Costa y est sensible et le trouve plus humain.

– Nous aurons besoin de consulter vos dossiers et mes collègues vont vous accompagner pour que vous les leur transmettiez.

– J'imagine que je n'ai pas le choix.

– Effectivement. J'ai encore quelques questions. Comment avez-vous rencontré votre épouse ?

L'homme sursaute.

– Quel est le rapport avec votre enquête ?

– Je vous prie de répondre.

– Je l'ai rencontrée par des amis communs. Je sais qu'elle est beaucoup plus jeune que moi et c'est sans doute la raison de votre question. Jusqu'à ma rencontre avec elle, je n'avais jamais eu l'opportunité d'entamer une relation sérieuse. Mes études, les années hospitalières puis mes débuts comme indépendant prenaient tout mon temps et mon énergie. Ma future épouse a mis beaucoup de volonté à me séduire et a eu de la patience. Je lui en suis très reconnaissant. Je suis très amoureux d'elle et elle le mérite.

– Vous diriez qu'elle aussi est toujours amoureuse de vous ?

– Sans aucun doute, elle me le témoigne chaque jour.

Costa se tourne vers Anna et lui demande si elle a des questions. La jeune policière qui jusque-là prenait quelques notes dans un calepin, acquiesce.

– Quelqu'un a-t-il accès à vos dossiers ou connaît vos suivis ?

– J'ai une superviseuse avec qui je discute certaines situations. Je sais que je n'ai parlé que de Maïwa avec elle. Nous avons travaillé sur la gestion du transfert. Nous sommes tous deux tenus par le secret professionnel.

– Vous n'en parlez jamais avec des collègues ou votre épouse ?

Le psychiatre a une hésitation.

– J'ai évoqué avec des collègues certaines situations complexes. Dans notre jargon nous appelons ça des intervisions : chacun donne son avis et nous ne nommons pas nos patients. Avec mon épouse, il m'est arrivé de raconter quelques cas, ceux qui me poursuivent encore en soirée. Mais jamais je ne donne de noms, ni de précisions qui pourraient indiquer de qui il s'agit.

– J'imagine que c'est difficile de ne pas partager ses préoccupations avec son conjoint. Vous souvenez-vous si vous lui avez parlé de ces trois femmes ?

– Honnêtement je ne me rappelle pas. Mais c'est possible.

Costa est fier de sa collègue. Ses questions sont pertinentes et il s'étonne de ne pas y avoir pensé. Il met fin à l'interrogatoire et demande à Leyvraz de raccompagner le Docteur Pitivier jusqu'à son cabinet pour prendre les dossiers.

Après leur départ, Anna et lui s'installent pour partager leurs impressions sur l'interrogatoire du Docteur Pitivier. L'avis de sa jeune collègue lui importe : il apprécie son attitude dans cette enquête, elle a de l'instinct et un bon esprit d'analyse, il voit une différence avec Leyvraz qui est un bon exécutant mais prend peu d'initiatives alors qu'elle cherche des réponses. Il sait qu'il faut des deux dans une équipe et chacun tient une place importante.

– Dis-moi ce que tu as pensé de cet interrogatoire ?

– Il reste un suspect potentiel. La question est de savoir s'il a eu le temps de commettre cet acte pendant le seul moment de battement qu'il a eu le 3 avril.

– Je suis du même avis. J'ai apprécié tes questions, avais-tu une idée derrière la tête en les posant ?

Anna a un grand sourire, visiblement heureuse du compliment.

– Il est ce qui relie les trois victimes : s'il n'est pas coupable, il faut nous intéresser à qui avait accès à ses suivis.

Sur ces entrefaites Ji arrive. Costa lui fait signe de se joindre à eux et lui résume les faits et leurs questionnements. Il voit que Ji est frustré de ne pas avoir été présent lors de l'interrogatoire du psychiatre, mais il n'en dit rien. Costa continue :

– La question à se poser est le mobile. Dans les meurtres de base on considère qu'il en existe sept, dont le profit, le fanatisme et le désir qui, je crois, ne sont pas à retenir dans ce cas. Je pense qu'on peut aussi éliminer la marginalisation et il reste l'excitation, la jalousie ou la vengeance. Jusque-là rien n'indique de la sexualité dans ces crimes.

Ji intervient :

– Le fait qu'on ait trois meurtres dans l'intervalle de quelques mois pourrait faire penser à un meurtrier en série. Celui-ci est le plus souvent un homme. Dans la plupart des cas il n'y a pas de lien entre lui et sa victime. On trouve une signature et ici en avons-nous une ? Peut-on considérer les mutilations comme telles ou l'habillement ?

– Quand on parle de meurtrier en série, on parle de psychopathe. On sait que ses motivations sont le plus souvent en lien avec le sexe et la mort et qu'il y a un passage à l'acte violent. Ce n'est pas le cas ici.

– Le meurtrier tire du plaisir à l'acte : doit-on s'attendre à d'autres victimes ?

Anna a écouté l'échange entre les deux hommes sans intervenir. Comme ils semblent à court d'idée, elle réagit :

– Vous dites qu'il s'agit le plus souvent d'un homme mais pour ces meurtres, ne pourrait-il pas s'agir d'une femme ? On n'a pas constaté de violence, ni de sexe. Les femmes sont réputées pour l'utilisation de poison dans les meurtres ; de même elles préfèrent les médicaments dans les suicides, contrairement aux hommes qui ont des méthodes plus violentes et aussi plus radicales.

– Oui, tu as raison. On ne doit pas écarter cette possibilité. Le mobile serait alors la jalousie ou la vengeance.

Ji ajoute l'empathie. Ses deux collègues le regardent, attendant qu'il aille au bout de sa pensée.

– Les trois femmes sont déprimées, est-ce si absurde d'imaginer une aide au suicide ? C'est l'utilisation connue du phénobarbital. Il y aurait accord préalable et cela expliquerait qu'il n'y ait aucune violence. Puis le meurtrier mettrait en scène ses propres fantasmes. On serait dans du « donnant donnant ».

– Peut-être, mais après avoir parlé avec le frère de Nina Picard, je suis de moins en moins convaincu de son désir de suicide. J'attends encore de pouvoir échanger avec les parents de la première victime.

– Il reste la question de comprendre comment le meurtrier leur a fait ingurgiter le produit.

Anna donne son avis :

– Il peut avoir été mélangé à une autre boisson, comme cela arrive trop souvent avec le GHB. Ou elles ont été conditionnées, je ne sais pas, justement avec du GHB en préliminaire.

– Personne n'a pensé à ça, mais c'est possible. Le problème c'est que la molécule disparaît rapidement et que ce sera impossible à prouver.

Ces échanges à bâtons rompus, où chacun peut exprimer ses idées, sont utiles et ouvrent des possibles mais surtout des questions. Costa décide qu'il est temps de passer au concret et demande à Ji s'il a pu voir Madame Ogawa.

– Malheureusement, elle a dû partir au Japon de manière soudaine. D'après sa voisine, qui s'occupe de ses chats, son père est décédé. Elle m'a transmis son e-mail. En cas de nécessité on peut lui envoyer les photographies, mais j'attends notre rencontre avec Monsieur Sato demain. J'espère qu'il pourra nous éclairer sur ces mutilations.

Leyvraz arrive, chargé de trois dossiers. Il précise, tout en les déposant sur la table, que le Docteur Pitivier n'a pas confiance en l'informatique et qu'il privilégie les notes papier.

– Heureusement pour nous, il n'a pas l'écriture illisible de certains médecins !

Chacun se saisit d'un dossier. Logiquement Anna, encore imprégnée de ses lectures, prend celui de Maïwa. Costa prend celui de Nina Picard, curieux d'en savoir plus après sa discussion avec son frère. Ji prend le dernier, celui de Léa Genton.

Comme Costa résume à Leyvraz leur discussion, celui-ci l'étonne par son commentaire.

– Il faut que l'on s'intéresse à l'épouse, je vais faire des recherches sur cette jeune femme.

Ainsi, même Leyvraz prend des initiatives. Costa a un peu honte de l'avoir jugé comme celui qui se contente de suivre les ordres.

– À propos, je vous ai envoyé un e-mail avec tout ce que j'ai trouvé sur Marco. Il n'a pas de casier, aucun problème avec la justice et semble venir d'une famille unie. Un jeune homme bien sous tous rapports. Pas très brillant dans son cursus scolaire. Je suis arrivé à obtenir quelques informations d'un prof: selon lui, moyen en tout. Il a effectivement une copine, Camille. Vous voulez la convoquer? Elle m'a confirmé avoir passé la soirée avec lui le soir du meurtre.

Vu l'heure, ils se commandent des pizzas. Ils commencent leur lecture, un travail de fourmi interrompu pour dévorer leur repas. Tout en mangeant ils échangent sur leurs découvertes. Jusque-là, rien ne vient contredire le témoignage du psychiatre. Dans les séances, Madame Genton a raconté ce qu'elle a subi au travail. La jalousie de certains collègues qui se sont ligués contre elle et se sont mis à la persécuter. Ce sont d'abord des blagues de potache, café renversé sur son siège ou une araignée, dont elle est phobique, déposée sur son clavier d'ordinateur. Comme elle ne réagit pas, les blagues deviennent plus déstabilisantes: lettres d'insultes, menaces, bien sûr toutes anonymes. Elle va en parler à son supérieur qui, selon elle, ne lui témoigne aucun soutien. Son sommeil est perturbé, elle fait des cauchemars, n'arrive plus à se lever le matin, s'isole. Son médecin la met en arrêt de travail et lui conseille de voir un psychiatre. Le Docteur Pitivier l'écoute, parle de ses options face à cette situation: s'expliquer avec ses collègues, déposer plainte, rechercher un autre emploi, puis il lui propose un antidépresseur. Ils en étaient là lorsqu'elle est décédée. Ji espère que la famille a conservé les lettres de menace et que les enquêteurs pourront les consulter.

Costa enchaîne, Madame Picard raconte sa rupture: une part d'elle la relativise, elle est consciente que cette relation démarrée très jeune ne pouvait qu'évoluer, mais elle avait espéré qu'ils continueraient à aller dans la même direction. Elle comprend le désir de son compagnon de faire du théâtre, ayant toujours aimé son côté artiste. Elle est juste dévastée que cela les sépare. Elle se questionne beaucoup sur son ambivalence, le choix qu'elle aurait pu faire de le suivre, de partager sa vie plus bohème face à son besoin de stabilité, de rester dans des lieux pour elle plus sécuritaires. Son frère est une des raisons qui la retient. Elle décrit leur relation qui s'est renforcée au décès de leurs parents. Elle parle de cette perte, du sentiment d'être orpheline. Le psychiatre lui fait part de son hypothèse. Selon lui, elle aurait lutté contre la dépression lors de la perte de ses parents. Celle-ci s'est déclarée à la rupture qui a été un déclencheur. Il lui propose un antidépresseur et constate une amélioration de son état, une capacité à se projeter dans l'avenir, une ouverture sur l'extérieur. Elle lui parle d'une amie qu'elle s'est faite, rencontrée au bord du lac, alors qu'elle se promenait et avec qui elle a du plaisir à échanger. Costa précise qu'il lui reste quelques pages à déchiffrer.

Anna ne trouve pas d'éléments nouveaux dans sa lecture. La jeune Maïwa est hantée par la maladie de sa mère et la dégradation de leur relation. Elle relate ses recherches concernant cette grand-mère, avec laquelle elle s'est confondue. Ses découvertes l'ont bouleversée, elle exprime de la colère, un grand sentiment d'injustice face à ces destins de femmes traumatisées. Elle en veut à sa mère d'avoir gardé un tel secret. Son discours est changeant, par moments combatif, à d'autres désespéré ou fataliste. Il reste à Anna encore une moitié à lire. Le dossier est le plus gros des trois.

Leyvraz a contacté les garages Mercedes et peut leur transmettre le nom et l'adresse des quelques propriétaires de coupé. Ils éliminent d'entrée les femmes célibataires ; il reste trois hommes, dont un qui a 85 ans, s'il conduit encore, aucun d'eux ne l'imagine assassiner trois femmes. Costa demande à Leyvraz de convoquer les deux autres. Il ajoute avoir pris du temps pour des recherches sur Madame Pitivier. Il est dépité, n'ayant rien trouvé. Il a exploré les réseaux sociaux, mais visiblement la jeune femme n'en fait pas partie. Il a commencé à se pencher sur les dossiers administratifs.

À 15 heures ils décident de terminer leur journée. Rien de nouveau n'est ressorti de leurs lectures. Leyvraz a inscrit sur le tableau les données qu'il a trouvées. Madame Pitivier, née Horisberger. Origine Berne, née en 1994. Parents divorcés. La mère a repris son nom de jeune fille, Michellod, âgée de 60 ans. Le père est dix ans plus âgé, soit 70 ans. Il y a trois ans se marie avec le Docteur Pitivier, 2 enfants, âgés respectivement de 2 ans et 1 an. Ces données impersonnelles ne donnent que peu de renseignements sur qui elle est. Costa repense à l'image qu'il en a eue lorsqu'ils l'ont croisée devant la maison. Cette impression dérangeante d'une femme introvertie, soumise. Image bien différente de celle transmise par son mari, d'une femme indépendante, profitant de ses journées de liberté et respectée de lui. Ces deux aspects de sa personnalité le troublent et il a de plus en plus envie de la rencontrer.

INTERLUDE

Ji est content de finir sa journée de travail. Sachant que Larissa est allée visiter ses parents et ayant besoin de se changer les idées, il va marcher au bord du lac. Le temps est encore agréable en cette fin d'été. Plusieurs voiliers naviguent et il admire leurs lentes déambulations. Quelques baigneurs profitent des derniers rayons de soleil. Il marche d'un bon pas, décidé à évacuer les pensées sombres qui accompagnent ce genre d'enquête. Il songe à l'enfant qui va naître. Il réalise sa peur que ce soit une fille, comment pourra-t-il la protéger des prédateurs ? Il a beau savoir que c'est absurde, qu'être garçon ne protège pas des bagarres, coups de couteau ou overdose. Quelque chose en lui imagine qu'une fille a plus besoin de protection. Il se sermonne, stupidité sexiste, mais rien n'y fait. Il a vu trop de violences faites aux femmes, malgré leurs luttes, et toutes les dénonciations d'abus qui sont sur les réseaux n'arrangent rien. Il ne comprend pas ces hommes et leurs déviances, c'est si loin de lui. Il se demande si Larissa a les mêmes inquiétudes. Ce monde dans lequel ils vont donner la vie n'est pas très réjouissant. Entre ce qu'il vit au travail, la violence et les meurtres, et ce qu'on entend chaque jour, le réchauffement climatique, l'instabilité économique, la montée de l'extrémisme, tout cela comme une promesse d'apocalypse, est-il sage d'offrir cet avenir à un enfant ? Ses pensées pessimistes, dues sans doute à sa fatigue, accompagnent ses pas. Une angoisse sourde l'habite alors qu'il espérait se détendre. Il reconnaît cet état qui par le passé l'amenait à boire. Il s'assied sur un banc et sort un carnet qu'il a toujours sur lui. C'est devenu son exutoire lorsqu'il est submergé, il écrit ce qui lui passe par la tête, il déverse sur le papier ce qui le préoccupe, un nettoyage interne. Il a trouvé ce moyen avec son psychiatre pour évacuer l'angoisse. Il croit en sa capacité de lutter contre le besoin d'alcool. Il doit croire en la vie qu'il peut offrir à son enfant.

Lorsqu'il referme son carnet, il respire profondément et se plonge dans la contemplation du lac. Le va-et-vient de l'eau l'apaise. Il sourit à la vue des cygnes, parfaite image du laisser-aller, flottant au gré des courants. Des mouettes viennent se poser sur le mur devant lui, petites silhouettes blanches et noires, figées comme des statues et qui fixent l'horizon. L'étau qui oppressait sa poitrine se délie. Il décide de rentrer, Larissa doit être de retour. Il est impatient de passer la soirée avec elle et se promet de ne rien lui dire de ses pensées.

Costa lui aussi est content de profiter de cette fin de journée. Chez lui, il s'installe confortablement et appelle sa fille. Il a envie d'entendre sa voix, qu'elle lui raconte son week-end et qu'il continue à organiser le suivant. Elle est très excitée, heureuse de lui décrire sa journée où elle est allée au zoo. Il aime retrouver en elle les accents enthousiastes de l'enfance, alors qu'il sait trop bien qu'elle entre en adolescence. Il ne se réjouit pas de celle-ci, prémices d'inquiétudes pour sa sécurité. Elle lui décrit les facéties des singes, avec des rires dans la voix. Elle a aimé les chèvres qui venaient quémander des touffes d'herbes et lui léchaient la main. Elle lui explique gravement qu'elles recherchaient le sel de sa transpiration. Elle continue son histoire, fait part de sa déception devant les grands fauves endormis et par les loups qu'elle n'a pas trouvés, cachés dans leur grand parc. Costa ne se lasse pas de son babillage, il la complimente sur son don d'observation, aucun doute pour lui qu'elle est la plus intelligente des fillettes. Ce téléphone lui a fait du bien, il va se servir un apéritif, se choisit une musique et s'apprête à profiter de ce moment de détente lorsque son téléphone vibre. Il grimace, il n'a pas envie de répondre, se doutant que le travail va le rattraper. La vibration devient insistante, pas moyen d'y échapper. Au bout du fil, Monsieur Genton.

– Nous venons de rentrer de week-end et avons écouté votre message. Y a-t-il du nouveau concernant notre fille ?

Costa entend l'inquiétude dans sa voix. Il l'informe de la réouverture de l'enquête et qu'il aimerait les rencontrer rapidement, si possible demain. Le silence qui suit l'inquiète, il entend la respiration accélérée de l'homme.

– Monsieur ! Est-ce que ça va ?

– Oui, je vous ai entendu, c'est un choc. Nous n'avons pas encore fait le deuil de notre fille et là, vous nous replongez dans ce drame.

– J'imagine à quel point c'est difficile.

– Je vais venir demain, mais je ne crois pas que mon épouse m'accompagnera, ce sera trop dur pour elle.

– Je comprends et je compatis à votre souffrance. Votre deuil est douloureux et si nous n'avions pas de nouveaux éléments, je ne vous imposerais pas de revivre un tel moment.

– Vous parlez de nouveaux éléments, est-ce que vous sous-entendez qu'il ne s'agit pas d'un suicide ?

– Je vous donnerai plus d'informations demain. Je ne crois pas que ce soit bien que nous en parlions au téléphone. Pourriez-vous venir à 13 heures ?

– Oui, je serai là. Tout serait différent s'il ne s'agit pas d'un suicide : nous nous questionnons sans cesse pour savoir ce que nous avons raté, pourquoi elle n'est pas venue nous parler. Cela rend le deuil impossible.

Costa essaye de rassurer ce père meurtri dont la voix tremble et qui lui parle de sa culpabilité. Le téléphone terminé, il lui faut un moment pour revenir à sa quiétude. La détresse de l'homme l'a ému. Il sait combien il serait dévasté s'il arrivait quelque chose à sa fille. Une fois de plus, il réalise la contradiction qu'il ressent entre vouloir lui offrir une liberté qui lui permette de se trouver, de se forger à travers des expériences et avoir besoin de la protéger de tout : s'il s'écoutait, il fermerait la porte et jetterait la clé. Encore un pied dans l'enfance, elle est heureuse de partager des activités avec lui, mais bientôt ce sera les sorties en boîte et il tremblera. Lorsqu'il fait le père poule à lui répéter les risques et les précautions, elle rit, se moque de lui et termine ses phrases, indiquant par là une rengaine trop répétée. Costa soupire, il sait qu'il doit lui faire confiance et ne pas lui faire porter ce qu'il vit lui, dans son quotidien. Il prend son verre et s'installe devant une émission télévisée pour s'abrutir et ne plus penser.

Lorsqu'Anna ouvre la porte de son chez-elle, elle sent entre ses jambes un frôlement soyeux. Un miaulement plaintif l'accueille.

– Chaton ! Je t'ai manqué ?

Chaton, matou castré de 4 ans, n'a plus rien de la petite boule noire, exubérante, qui est entrée dans sa vie en même temps que sa prise d'indépendance. Elle lui a trouvé plein de noms, Belphégor, Fantômas ou le classique Réglisse, mais Chaton revenait sans cesse et est resté.

Son premier geste est pour lui, changer l'eau, compléter les croquettes ; puis c'est son tour, un verre de limonade et elle va s'installer sur la terrasse. Le chat qui a dédaigné sa gamelle vient s'installer en face d'elle, assis, tel un sphinx, il attend.

– J'ai plein de choses à te raconter. Figure-toi...

Anna se fait un plaisir de lui résumer les événements de la journée. C'est devenu un rituel entre eux: Chaton est le meilleur des confidents, il sait approuver d'un miaulement au bon moment, il se lèche dédaigneusement lorsqu'elle s'égare. Elle se moque qu'on la prenne pour une folle, elle est sûre qu'il comprend tout, réceptacle attentif de ses journées.

– Je suis trop heureuse que mon hypothèse que l'assassin soit une femme ait été prise en considération. Tu sais, Costa je l'admire beaucoup, c'est mon modèle. Je ne resterai pas agent indéfiniment, je veux devenir comme lui. Bon, peut-être pas tout à fait comme lui, il est dur et ce n'est pas toujours facile de savoir ce qu'il pense. Mais un jour je serai inspectrice et c'est moi qui dirigerai les enquêtes.

Le chat approuve et il a droit à une caresse. Des voix en provenance du jardin mitoyen interrompent son monologue. Chaton a dressé ses oreilles, attentif. Elle hésite, un petit rocher judicieusement placé lui permet de communiquer par-dessus le mur avec ses voisins. Aujourd'hui elle a envie d'être tranquille et reste à siroter sa limonade tout en profitant des quelques timides rayons de soleil. Elle adore ses voisins, couple octogénaire plein de dynamisme que Chaton a adopté comme famille d'accueil. Inquiète de savoir s'ils ne se sentaient pas envahis, elle les a contactés et ce fut une vraie rencontre. Couple sans enfant, s'estimant trop âgés pour prendre un animal, ils se sont montrés ravis des visites du chat et encore plus de connaître sa maîtresse. Ainsi, les deux se trouvèrent une famille de cœur. Lui est un homme cultivé, féru d'histoire, qui aime raconter ses dernières lectures. Elle a le sang chaud des femmes siciliennes, provoquant des disputes pour des peccadilles, reprenant son italien d'origine en invectivant son mari qui lui répète moqueur qu'il ne comprend rien. Anna sourit lorsqu'elle l'entend et suspecte qu'ainsi elle pimente son couple. Ces deux-là sont pour elle un cocon d'amour. Ils partagent souvent leur repas avec elle ou, lorsqu'elle rentre tard, ils l'appellent pour lui donner un plat précieusement conservé pour son retour.

Chaton a pris place sur ses genoux, son ronronnement de plaisir berce Anna qui finit par s'endormir. Le froid de la nuit la réveille, elle va se coucher comme une somnambule, réalisant à quel point ces derniers jours l'ont fatiguée.

Leyvraz, lui, n'a pas envie de rentrer. Il s'arrête à une terrasse pour boire une bière. Tout en observant les passants qui déambulent, il repense à sa journée. Il est content de participer à cette enquête. Il apprécie le duo que forment Costa et Ji. Il sourit en se rappelant l'étonnement de Costa lorsqu'il a pris une initiative, certainement qu'il ne l'en croyait pas capable. Il sait que malgré son 1 mètre 90 et ses 90 kilos, il n'aime pas se mettre en avant, ce qui peut lui causer du tort. Il n'est pas comme Anna qui prend les devants, ambitieuse, elle sait s'affirmer. Il ne l'imagine pas rester longtemps simple agente. Lui, il aime bien sa place, il ne se voit pas gérer des enquêtes, où chaque nouvelle affaire est une mort et de la violence. Son rôle il le considère comme plus varié, plus relationnel, avec une routine qui lui convient. Ce n'est pas souvent qu'on l'invite à participer à de telles enquêtes. Il est curieux du dénouement, il se prend au jeu, soulagé de ne pas porter la responsabilité de celui-ci. Anna aujourd'hui a suggéré que le meurtrier pourrait être une femme, ses arguments sont pertinents et elle pourrait bien avoir raison. Ce serait une belle victoire pour elle. Une femme meurtrière, cela le rend triste. Il aime les femmes. Élevé par elles, présentes dans ses amitiés, il admire leurs intuitions, leur capacité à parler de leurs émotions et leurs forces. Des femmes battantes, il en a côtoyé toute sa jeune vie. Il retrouve ça chez Anna, elle pourrait devenir une amie, bien qu'il pense ne pas l'intéresser. Mis à part leur collaboration, ils n'échangent rien de leur vie. Comment pourrait-il lui avouer qu'il aime les femmes mais est attiré par les hommes ? Il reste très discret sur sa vie intime, même si la société a évolué, il n'est pas certain que, dans ce monde policier, ce soit si bien accepté. Parfois, c'est compliqué, lorsque ses collègues racontent leurs aventures et qu'ils se tournent vers lui dans l'attente de quelques confidences. Il pourrait féminiser ces rencontres et ainsi participer à ces échanges dans une virilité étalée que lui vit surtout comme machiste. Il se tait et cela entraîne une mise à l'écart. Personne n'imagine qu'il est homo, sans doute que son physique y est pour quelque chose, mais on le suspecte de ne pas être corporatif. C'est pourquoi il aime faire équipe avec des femmes. C'est ce qui lui plaît dans cette enquête et aussi de ne pas retrouver chez ses deux collègues cette fraternité de mâles en rut.

Sa bière finie, il hésite à continuer sa soirée mais la journée qui l'attend demain l'en dissuade. Il va rentrer. Comme il partage une maison avec sa mère, il sera content de passer un moment avec elle. Il aime leurs échanges : il peut lui raconter ses journées, elle fait pareil. Médecin, elle a souvent des anecdotes à lui relater, quelquefois des situations plus lourdes qu'elle lui confie pour se soulager. Sa mère aimerait qu'il trouve un compagnon, elle ne lui met pas la pression, mais il perçoit son inquiétude face à ses aventures d'un soir. Lui n'est pas encore prêt ou n'a pas rencontré la bonne personne, tout est question de point de vue. Il lui parle de l'enquête et elle se montre très attentive, posant des questions, il voit bien qu'elle est heureuse qu'il ait cette opportunité, sans doute aimerait-elle qu'il soit plus ambitieux. Elle était très jeune lorsqu'elle est tombée enceinte. Son père lui aussi étudiant en médecine lui a proposé le mariage, mais elle n'avait pas envie de s'engager. Elle a fini ses études, cela lui a pris plus de temps avec le bébé mais, courageuse, elle a tenu bon, ce qui n'a pas été le cas de son père. Au premier échec, il a tout abandonné. Il s'est dirigé vers des formations de médecine parallèle, y a trouvé satisfaction et, encore maintenant, c'est sa pratique. Il s'est toujours montré présent pour lui, même après avoir construit une famille. Leyvraz, c'est le nom de son père, et tout le monde l'appelle par ce nom, comme s'il n'avait pas de prénom. Il n'essaye plus de l'imposer : lorsqu'il le donne – René – on le regarde, ébahi devant la banalité de celui-ci, et on reprend le Leyvraz comme si de rien n'était. Il s'est habitué, ça lui évite d'expliquer qu'à 30 ans il vit toujours chez sa mère. Ses collègues pensent qu'il est en colocation et il ne les contredit pas. Il comprend que sa vie est faite de secrets. Lui, qui fouille le passé des gens pour l'enquête, se dit que ce serait compliqué de voir clair dans la sienne. Ce raisonnement lui donne une idée : lorsqu'on ne veut pas étaler sa vie, on prend un pseudo ou, dans le cas d'une femme, on utilise son nom de jeune fille. Ce soir il va retourner sur les réseaux sociaux.

LUNDI

La veille, ils se sont organisés et c'est ainsi que Ji et Costa se retrouvent à la médecine légale pour l'autopsie. Aucun des deux n'apprécie d'y participer. D'être ensemble leur semble alléger ce moment. L'heure est matinale et ils ont encore le visage chiffonné de sommeil. Seul Marrel, habitué à démarrer tôt sa journée, est plein de dynamisme. Les locaux encore désertés, la lumière bleutée des veilleuses dans les couloirs donnent une ambiance digne des films d'horreur, contrastée par la pétulance du médecin. Costa lui résume les recherches qu'ils ont faites à partir de ses informations et comment leur enquête a pris un autre tournant. Il est impatient de connaître les résultats des analyses pour savoir si Maïwa comme les autres victimes a ingéré du phénobarbital. Marrel pense les recevoir au plus tard mardi.

À 10 heures, ils sortent de la salle, les deux hommes sont un peu barbouillés, Ji surtout, qui a plusieurs fois détourné son regard de l'opération, se contentant d'écouter les commentaires de Marrel. Celui-ci relève des signes dus à la sous-alimentation, entre autres en constatant une inflammation de la muqueuse de l'estomac. Il fait des prélèvements pour analyse : recherche du taux de potassium, de déchets dans le sang pour établir un dysfonctionnement des reins, le taux de calcification osseuse – tous ces résultats permettraient de confirmer une anorexie. Ji se demande ce que cela changerait d'avoir cette information. Depuis la découverte des deux autres femmes, il a l'impression que le lien entre elles est la thérapie et non la spécificité de leur trouble. Costa est d'accord avec lui, c'est pourquoi il attend de Leyvraz et d'Anna qu'ils poussent leurs recherches dans ce sens.

Ils ont bu rapidement un café et mangé un croissant espérant se remettre ainsi de leur état nauséeux. C'est en tout cas ce que leur a conseillé Marrel en riant, qui a comparé leur état au mal de mer, et que, comme tout bon marin le sait, il faut manger pour se rétablir.

Ils ont rendez-vous avec Monsieur Sato. L'endroit est situé dans les faubourgs de la ville. Une ancienne maison, dépourvue de charme, un peu carrée avec des excroissances, encastrée entre des immeubles locatifs qui lui font de l'ombre. Ils trouvent un escalier qui, selon les indications du Japonais, les amène directement à une grande pièce indépendante du cœur de la maison. L'homme les attend. Ji est séduit par son air de vieux sage : petit, mince, le visage ridé encadré de cheveux blancs, le menton allongé d'une barbichette tout aussi blanche. Il les invite à prendre place autour d'une table imposante qui prend presque toute la pièce. Il précise à ses invités que c'est là qu'il enseigne la calligraphie. Tout autour de la pièce, des étagères où se trouvent quelques livres, des flacons d'encre noirs et de longs pinceaux de bambou. Son regard pétillant semble les interroger. Costa a sorti les photographies et les a disposées sur la table.

– Monsieur Sato, nous avons besoin de vos lumières. Les corps que vous voyez sur les photographies ont été marqués par quelqu'un. Nous aimerions savoir si ces mutilations correspondent à du japonais.

L'homme ne répond rien, il se saisit des photographies et les scrute attentivement. Les deux policiers attendent, osant à peine respirer. Au bout d'un long moment, Monsieur Sato éloigne les photos et s'adresse à eux :

– Il s'agit bien de japonais. Je ne peux malheureusement pas traduire la totalité du texte. Seulement quelques mots ou des bouts de phrases.

Sur le premier corps, je lis « celui qui part » et « deux automnes ». Sur le deuxième, seulement « créature de poussière » et un mot, « papillon ».

– Grâce à Madame Ogawa, nous avons découvert sur une autre victime que les mots correspondaient à un haïku de Yosa Buson. Serait-il possible que ce soit le cas ici ?

Monsieur Sato se lève. Il prend un ouvrage sur une des étagères et se met à le feuilleter doucement, une quête dépourvue de commentaire. S'il a été choqué par les images, il n'en laisse rien paraître. Ji et Costa sont dans l'attente, pleins d'espoir. Au bout d'un long moment, il leur dit :

– J'en ai un :

« Pour celui qui part
Pour celui qui reste
Deux automnes »

Costa note chaque mot. Il regarde à quel corps correspond ce haïku et sans surprise – son intuition le lui avait soufflé – il s'agit de celui de Nina Picard. Un haïku qui lui va bien, elle qui a vécu deuil et rupture.

Le vieil homme ferme le livre et va en prendre un autre. Il explique :

– Je ne trouve pas le deuxième haïku chez Yosa Buson. Je vais chercher auprès de Kobayashi Issa, qui est du XIXe siècle, soit un siècle après Buson, et comme lui, il est un grand maître du haïku, il s'est différencié en introduisant le sentiment personnel dans sa poésie.

La lente recherche recommence, Costa jette un coup d'œil à sa montre. L'heure du rendez-vous avec Monsieur Picard se rapprochant, il est prêt à laisser Ji attendre seul lorsque le vieil homme intervient :

– Je ne me suis pas trompé. Voici le poème :

« Le papillon voletant
Je me sens moi-même
Une créature de poussière »

Celle qui a écrit ces mots devait avoir une bonne connaissance de l'art japonais.

– Pourquoi pensez-vous que c'est une femme ?

– Un ressenti en lien avec le choix des poèmes.

– Merci Monsieur Sato, vous nous avez beaucoup aidés.

Ji est admiratif devant l'érudition du vieil homme. Il lui demande :

– Vous donnez des cours de calligraphie, pensez-vous qu'un de vos élèves aurait pu écrire cela ?

– Mes élèves sont des passionnés qui suivent mes cours depuis plusieurs années. La calligraphie est un art exigeant. Ce que j'ai examiné là n'est pas un art, tout juste de la copie.

– Pouvez-vous tout de même nous transmettre la liste de vos élèves ?

– Il faut que je recherche dans mes dossiers d'inscription. Je vais le faire et vous ferai parvenir une liste.

Ji est surpris.

– Vous ne connaissez pas le nom de vos élèves ?

– J'ai tendance à oublier les noms. Nous travaillons en silence, attentifs au glissement du pinceau sur le papier. C'est une méditation, une philosophie. Le Shodo signifie « la voie de l'écriture » : pour le pratiquer, il faut de la concentration, aller à la rencontre de soi-même. Cet art affûte l'esprit, on y recherche le parfait équilibre. Il faut des années pour le maîtriser. Parler est inutile.

Ce petit cours laisse Ji sans voix. Il se dit qu'il aimerait découvrir cet art mais un coup d'œil sur les pinceaux le décourage.

– Ai-je bien compris? Vous semblez dire que la personne qui a écrit ces textes n'a pas une pratique de la calligraphie.

– Le proverbe dit: « Si votre pinceau est droit, l'esprit sera droit. » Ici le pinceau n'est pas droit.

La formule est éloquente et Ji ne trouve rien à ajouter. Costa met fin à l'entretien en réitérant ses remerciements à Monsieur Sato.

Pendant le trajet du retour, ils échangent leurs impressions et conviennent qu'il n'y a plus aucun doute que ce soit un même meurtrier pour les trois victimes. Le choix des haïkus leur fait penser que celui-ci connaît bien ses victimes. Ji relève le lien entre le texte et le deuil qu'a vécu Nina Picard. Il est plus perplexe concernant celui de Léa Genton et se répète les mots, en quête du sens caché.

À peine arrivée, Anna leur dit qu'elle a installé Monsieur Genton en salle d'entretien avec un café. Elle est en colère et s'exprime avec véhémence:

– Un abruti de stagiaire l'a envoyé directement chez nous, sans nous avertir. J'étais plongée dans mes recherches et ne me suis pas aperçue de sa présence. C'est le bruit d'un gémissement qui m'a fait me retourner. Il était devant notre tableau, complètement figé, en état de choc. J'ai eu toutes les peines du monde à l'emmener en salle d'entretien. Je voulais rester avec lui mais il a refusé. Je lui ai amené un café pour m'assurer qu'il n'avait pas fait un malaise.

Costa est furieux, il a envie d'aller passer un savon à ce stagiaire, mais Ji lui fait remarquer qu'ils ne vont pas faire attendre ce Monsieur plus longtemps. Ils le trouvent assis, son café intact devant lui, les yeux hagards. Costa est frappé par son apparence de vieillard : dans son visage, creusé de rides profondes et dans son corps recroquevillé, la douleur s'est inscrite. L'homme ne réagit pas à leur entrée, enfermé en lui-même, imperméable à tout autre chose que ce qu'il vient de découvrir. Costa l'interpelle, espérant le faire réagir :

– Monsieur Genton, merci d'être venu. Nous sommes désolés de ce qui s'est passé.

L'homme relève la tête, il n'est pas certain que son regard le voie vraiment, tant ses yeux sont vides.

– Est-ce que ça va ? Pensez-vous pouvoir répondre à nos questions ?

D'une voix chevrotante il dit que oui. Il tousse, boit une gorgée de son café, qu'il semble découvrir et qui doit être froid. C'est d'un ton plus affermi qu'il continue :

– Ce que j'ai lu sur ce tableau, c'est horrible. Je me doutais après votre appel que c'était un meurtre, mais voir qu'elle n'était pas la seule, cela m'a fait un choc.

– Vous n'auriez pas dû le découvrir de cette manière. Nous pensons effectivement que votre fille a été assassinée. Pour l'instant nous n'en sommes qu'à des hypothèses, mais les éléments que nous avons découverts vont dans cette direction.

Il interrompt Costa. De la stupeur il est passé à la colère.

– Ne me prenez pas pour un imbécile, vous avez bien assez d'éléments pour voir que c'est un meurtre. Maintenant dites-moi si vous savez qui a commis cet acte monstrueux.

– Au stade où en est l'enquête nous ne pouvons rien dire. Par contre, votre témoignage nous sera très utile. Nous avons besoin que vous nous parliez de votre fille.

– J'imagine que même si vous connaissiez le meurtrier, vous ne me diriez rien. Que voulez-vous savoir exactement ?

– Tout ce que vous pouvez nous dire. Votre relation avec elle, surtout les derniers temps. Si elle avait des amis. Si quelque chose de nouveau s'est produit qui vous a frappé.

– Mon épouse et moi, nous avons beaucoup repensé à tout ce que vous évoquez. On croyait que notre relation avec notre fille était bonne, c'était inacceptable d'imaginer qu'elle se soit suicidée. Elle venait nous parler de ses problèmes au bureau. J'ai exercé moi-même de longues années dans une banque et je sais comment les relations peuvent parfois être compliquées entre collègues. J'essayais de la conseiller, je pensais qu'avec un peu de bon sens cela s'améliorerait. Cela n'a pas été le cas, c'était même de pire en pire. Je lui ai dit d'aller en parler à son chef, malheureusement il ne l'a pas soutenue. Ensuite il y a eu les lettres anonymes, ça a été la goutte qui a fait déborder le vase. Elle a arrêté de lutter et son médecin l'a mise en congé maladie.

L'homme prend un attaché-case et en sort plusieurs lettres qu'il remet aux policiers.

– J'ai pensé que ces lettres vous intéresseraient. Son arrêt de travail n'a pas vraiment aidé : elle ne sortait plus de chez elle, ne mangeait presque plus. Elle restait sur son canapé toute la journée sans rien faire. Même la télévision ne l'intéressait plus. Mon épouse a commencé à aller chez elle chaque jour, elle essayait de la stimuler. Rien n'y faisait. Des amis nous ont conseillé un psychiatre, le Docteur Pitivier. Je lui ai dit que si elle n'allait pas le voir, je la ferais hospitaliser. Elle a cédé et au bout de quelques semaines nous avons vu une amélioration : elle s'est mise à aller marcher chaque jour, elle a commencé à manger correctement et même à faire des projets. Ce médecin l'a vraiment aidée, il lui a prescrit un antidépresseur qui semblait faire effet.

Ji, qui parcourait les lettres anonymes, intervient :

– Il y a beaucoup de violence dans ces lettres, des menaces aussi.

Il lit un des passages :

– « On va te faire la peau si tu ne pars pas », « on sait où tu habites » et bien d'autres tout aussi menaçants. Avait-elle peur pour sa vie ?

– Elle ne l'a jamais exprimé mais son comportement d'isolement allait dans ce sens. Moi j'avais peur, je lui ai dit d'aller voir la police. Elle ne l'a pas fait, je crois qu'elle pensait que cela ne ferait qu'aggraver les choses.

– Avait-elle des idées suicidaires ?

– Elle n'a jamais parlé de suicide, même lorsqu'elle allait très mal. C'était plutôt comme si elle s'était arrêtée de fonctionner.

– Avez-vous remarqué quelque chose de nouveau dans sa vie les derniers temps ?

– Lors de la première enquête, on nous a demandé si elle avait un compagnon, enfin plus crûment un amant. À notre connaissance la réponse était non. La seule nouveauté dans sa vie a été une nouvelle amie. Elle nous en a beaucoup parlé. Une jeune femme qu'elle a rencontrée par hasard lors de ses marches, elle l'aurait bousculée parce que plongée dans ses pensées ; après des excuses, elles se sont mises à parler et d'après notre fille, le courant a passé tout de suite. Elles ont pris l'habitude d'aller marcher ensemble. Cette relation nous a ravis, elle la sortait de sa solitude. Elle nous a dit que cette jeune femme avait vécu la même chose qu'elle, cela lui faisait du bien de partager leurs expériences.

– Connaissez-vous son identité ?

– Non, elle ne nous l'a jamais présentée, ni dit son nom. Je crois qu'elle aurait aimé le faire, mais que ça ne s'est jamais trouvé. C'était une rencontre récente, d'un mois environ. Est-ce important ?

– À ce stade, tout est important. Savez-vous si elles se voyaient souvent ?

– Je me rappelle qu'elle m'a dit regretter de ne pas la voir plus. Je crois qu'elles se retrouvaient un jour par semaine.

– Quel jour ?

L'homme réfléchit intensément.

– Il me semble le mercredi, mais je ne suis pas certain.

Costa et Ji se regardent, conscients de l'importance de ce qui vient d'être transmis. Ji demande à Monsieur Genton s'il peut discuter avec son épouse, peut-être connaît-elle des détails sur cette amitié.

– Je lui demanderai. Vous savez, ma femme va très mal depuis que notre fille est décédée. Je fais tout ce que je peux pour l'aider. Mais comment y arriver quand soi-même on est submergé par la tristesse ?

Costa compatit. Il l'assure qu'ils font tout pour trouver la personne qui a commis ce meurtre, tout en sachant que c'est une bien piètre consolation.

Lorsqu'ils se retrouvent seuls, ils sont épuisés. Entre l'autopsie et l'enchaînement des entretiens, ils n'ont pris aucun répit. Ils décident d'aller manger un sandwich. Assis à une terrasse, pour une pause qui n'en est pas vraiment une, ils font le point. Costa est de plus en plus persuadé, comme Anna l'a suggéré, que l'assassin est une femme, peut-être même cette amie tombée du ciel. Ji, relève que le « mercredi » n'est sans doute pas une coïncidence. Il insiste pour que Madame Pitivier soit convoquée, la trouvant de plus en plus suspecte. Costa tempère son impatience :

– Même si je suis d'accord avec toi, nous n'avons pas encore assez de preuves. La convoquer maintenant la mettrait en alerte et lui permettrait de se protéger. Il nous faut du concret.

Tous deux espèrent que les recherches de leurs jeunes collègues aient donné quelque chose. Alors que Ji se lève pour partir, Costa lui fait signe de se rasseoir.

– J'ai encore une chose que je dois discuter avec toi. La hiérarchie me harcèle pour que je prenne un coéquipier. Je vais demander que notre collaboration perdure.

Costa attend la réaction de Ji. Comme celui-ci ne dit rien, il précise :

– Je n'ai jamais trop aimé collaborer, je suis plutôt solitaire. Je trouve que nous deux ça marche, je ne sais pas trop à quoi ça tient. Peut-être que j'apprécie que tu ne sois pas carriériste, que tu te donnes à fond dans les enquêtes. Je me retrouve un peu dans toi.

– Tu as vu tout cela en quatre jours ?

C'est au tour de Costa de ne pas répliquer :

– Je suis flatté de ta confiance. En fait, je pensais retourner dans mon poste après cette enquête. Tu me laisses y réfléchir et en parler avec Larissa ?

– Bien sûr, mais ne tarde pas trop : ils veulent m'acoquiner avec un mec qui rêve de devenir chef de la police ! Tu vois le genre.

Les deux hommes rient. Sur ce coup-là ils se comprennent parfaitement.

Dès leur retour, ils voient Leyvraz et Anna qui les entourent, impatients de livrer leurs investigations. Costa a toujours un peu de rire dans la voix lorsqu'il leur demande ce qu'ils ont trouvé. Leyvraz, le sourcil interrogateur devant cette bonne humeur, se lance.

– J'ai recommencé mes recherches sur les réseaux sociaux à partir du nom de jeune fille de Madame Pitivier et je l'ai trouvée sur Facebook. Son compte est bien protégé mais je suis arrivé à entrer.

Costa s'étonne.

– Comment as-tu fait ? J'allais te proposer de transmettre le travail au service informatique.

Leyvraz, un peu gêné, explique.

– Ma première formation, je l'ai faite en informatique. J'étais plutôt bon, surtout pour contourner les systèmes. Ce n'est pas vraiment ce qu'on me demandait et je me suis vite ennuyé. J'ai choisi la police, mais j'ai gardé certains contacts, une façon de ne pas perdre la main.

Costa n'a pas envie de savoir si ce qu'il fait est légal.

– Sur ce site, je n'ai rien trouvé de particulier. Elle est peu active et n'a pas beaucoup d'amis. Je suis allé rechercher son adresse mail. C'était plus intéressant, surtout son historique. Cette jeune femme est un peu naïve, elle a effacé des messages et des contacts, sans se douter qu'on puisse les retrouver. Ça a été un jeu d'enfant.

Costa s'impatiente. Leyvraz a un sourire béat et semble prendre plaisir à faire durer le suspense.

– Alors ?

– J'ai trouvé deux de nos victimes dans ses contacts et quelques échanges de mails.

De grands soupirs de soulagement accueillent ses dires.

– Il s'agit de Léa Genton et Maïwa. Dans leurs mails, elles se racontent, parlent de ce qui leur est arrivé, des questions qu'elles se posent. Les réponses sont succinctes. À chaque fois, elle les renvoie au moment où elles se verront, précisant qu'elles en parleront plus longuement.

Ji jubile.

– On a la preuve qu'elle a rencontré nos victimes, on peut la convoquer maintenant.

Costa tempère :

– Pourquoi les rencontrait-elle ? Pour les avertir que son mari est dangereux ? Nous n'avons pas encore contrôlé si le seul alibi possible de celui-ci tient la route. Ce n'était pas adéquat le week-end, j'aimerais Leyvraz que tu le fasses aujourd'hui.

– J'imagine qu'il faut que je retrace le trajet de son cabinet à la plage et de la plage au bar ?

– Oui, aux mêmes heures. Il a dit avoir terminé à 18 heures : cela correspond aux heures de pointe, ce qui change le temps du parcours.

Anna questionne à son tour.

– As-tu cherché dans les achats en ligne pour le phénobarbital ?

– Oui, mais je n'ai rien trouvé.

– J'ai envoyé un mail à toutes les pharmacies de la région pour savoir si elles ont eu des ventes de ce produit. J'ai eu quelques réponses, une seule pharmacie en a vendu, l'ordonnance vient d'un médecin généraliste, rien à voir avec le psychiatre, ni son épouse. Est-ce qu'on sait si ce produit se vend dans la rue ?

Ji propose de contacter les stups pour avoir cette information.

Costa constate qu'ils ont bien avancé et que l'étau se resserre autour du couple Pitivier.

– Lorsque j'ai vu l'épouse devant sa maison, en train d'attendre que nous soyons partis, j'ai eu un sentiment particulier. Elle ressemblait, dans son attitude, aux femmes battues que j'ai croisées dans ma carrière. C'est pourquoi je tiens à ce qu'on ait plus d'éléments avant de la confronter. Soit elle est bonne comédienne, soit elle est victime.

Ji comprend mieux ses réticences, lui-même a partagé cette impression. Pour aller dans son sens il ajoute :

– Il nous faut comprendre comment elle a eu connaissance de ces suivis. Selon son mari, il ne donne pas de noms lorsqu'il évoque ses patientes.

– Sait-on qui fait le ménage dans le cabinet ? Il me semble qu'on n'a pas cherché de ce côté.

– Tu as raison Anna, je vais rappeler le psy, il nous faut cette information.

Au moment où ils s'apprêtent à se remettre à leur tâche, un agent appelle Costa pour lui dire qu'une Madame Pitivier demande à le voir. Costa surpris lui dit de l'amener dans une salle d'audition et de rester avec elle jusqu'à ce qu'il arrive.

Il informe ses collègues, tout autant stupéfaits que lui. Costa désire que tous puissent entendre l'entretien ; pour cela il sera filmé, ainsi Anna et Leyvraz depuis l'extérieur pourront le visionner. Ji viendra avec lui. Celui-ci est plein d'optimisme imaginant qu'elle vient pour avouer. Costa l'espère sans oser y croire.

La jeune femme les salue d'une voix ferme. Elle n'a plus rien à voir avec la femme prostrée que Costa a vue. Droite sur sa chaise, la tête haute, une chevelure auburn, abondante, tombe jusqu'à ses épaules ; un rayon de soleil vient lui donner une flamboyance, telle la crinière d'une lionne. Les yeux verts qui le fixent lui font penser à ceux d'un serpent. Sans aucun doute cette femme se présente en guerrière et non en victime. Costa l'informe que l'entretien, pour les raisons de l'enquête, sera filmé. Elle rétorque d'un ton ironique :

– Suis-je suspecte ?

– Vous venez de votre plein gré nous donner des informations. Nous filmons tous les entretiens.

Cette réponse, qui n'en est pas une, semble la satisfaire.

– Je viens surtout pour que vous cessiez de harceler mon mari. Je puis vous assurer qu'il n'a rien à voir avec ces crimes.

– Vous nous laisserez en juger par nous-mêmes.

Le ton sec de Costa ne la désarçonne pas. Il est en colère, il se sent berné par cette femme si sûre d'elle, si différente de son premier ressenti.

– Mon mari est un homme bon et un excellent psychiatre. Ses patients lui tiennent à cœur et il se consacre entièrement à eux. Si vous croyez qu'il peut leur faire du mal, vous faites fausse route.

Costa lui répète sa dernière réponse et l'informe qu'il a quelques questions à lui poser.

– Nous avons découvert que vous connaissiez deux des victimes. Comment est-ce arrivé ?

Imperturbable, elle garde sa véhémence, toujours accompagnée d'un petit sourire narquois, qui semble les défier.

– Je ne sais pas comment vous avez découvert ces relations, mais je vais vous répondre. J'ai rencontré Léa alors que je marchais en campagne. J'étais dans mes pensées et je lui suis rentrée dedans. Alors que je m'excusais, elle a ri, ce qui me l'a rendue sympathique. Ce n'est pas ce jour que nous avons lié amitié mais la semaine suivante, nous nous sommes revues sur le même trajet ; la coïncidence nous a amusées et nous nous sommes mises à marcher ensemble. Le courant a bien passé entre nous et nous avons décidé de nous retrouver pour d'autres promenades. On discutait beaucoup, elle avait besoin de se confier ; un jour j'ai appris qu'elle consultait chez mon mari. Ça a été douloureux mais j'ai mis fin à nos rencontres.

– Est-ce aussi une coïncidence qui vous a fait rencontrer Maïwa ?

– En quelque sorte. J'aime le contact humain, comme le mercredi je suis libre de mon temps, il m'arrive de faire du bénévolat. J'ai rencontré Maïwa dans l'établissement où était sa maman : j'y venais pour des moments d'accompagnement aux personnes âgées. J'ai remarqué la détresse de cette jeune fille ; nous avons parlé ensemble et pris l'habitude de nous voir pour un café. Je crois que cela lui faisait du bien.

Ji intervient :

– L'infirmière nous a dit qu'elle venait une fois par semaine voir sa maman, très précisément en fin de semaine, elle n'a jamais parlé du mercredi.

– L'infirmière n'est pas toujours là. Vous savez, elle a aussi des congés. En fait c'était exceptionnel que Maïwa soit là le mercredi dont je vous ai parlé. Mais comme elle avait besoin d'écoute, nous avons spontanément décidé de nous revoir en dehors de l'établissement.

– Et bien sûr vous ne saviez pas qu'elle voyait votre mari !

– Effectivement. Je l'ai appris quand je lui ai conseillé d'aller consulter un psychiatre. C'est là qu'elle m'a dit le faire déjà et que c'était mon mari. Bien entendu j'ai immédiatement mis fin à notre relation. Elle a eu de la peine à le comprendre, mais pour moi c'est une question d'éthique.

Rien ne vient perturber son discours, Costa s'interroge : s'attendait-elle à ces questions et avait-elle bien préparé ses réponses ? Il continue :

– Connaissiez-vous Nina Picard ?

Il la sent hésiter, pour la première fois. Son regard le jauge, comme pour évaluer ce qu'il sait.

– Je ne crois pas avoir rencontré une Nina.

– Vous ne croyez pas ou vous êtes sûre ?

– Je croise beaucoup de monde. J'ai le contact facile. Comme je suis avec des enfants toute la semaine, j'apprécie ces moments où je peux parler entre adultes.

– Comme pour votre mari, nous aurons besoin de vos alibis pour les dates des meurtres.

Elle rit.

– Jamais je ne me souviendrai de ce que je faisais. C'est mon jour de liberté, je ne tiens pas un agenda.

– Il vous faudra faire un effort de mémoire.

– Je vais y réfléchir, mais je ne vous promets rien.

Alors qu'ils s'apprêtent à mettre fin à l'entretien, la femme ajoute en regardant Costa :

– Vous avez une fille charmante, j'ai eu l'occasion de la rencontrer.

Costa en a le souffle coupé. Il serre ses poings, une envie de frapper la femme le submerge. Ji qui le remarque prend le relais :

– S'agit-il d'une coïncidence de plus ?

Elle répond le regard toujours fixé sur Costa, faisant fi de la question de Ji.

– J'étais au zoo avec mes enfants, je ne faisais pas façon de l'aîné qui courait partout. Votre fille me l'a gentiment rattrapé alors qu'il trottait après une poule. Je l'ai remerciée chaleureusement et nous avons échangé quelques mots. Elle vous admire beaucoup et vous devez être fière, elle semble être une bonne élève. C'est amusant, par le passé j'ai fréquenté son école.

– Comment saviez-vous qu'il s'agissait de sa fille ?

– Elle est si fière de son papa. Vous pensez, un policier qui trouve les meurtriers !

– Vous la suiviez ?

– Que sous-entendez-vous ? C'était un pur hasard.

Le sourire moqueur qui accompagne ses réponses n'échappe à aucun des deux hommes. Costa bouillonne, mais il se reprend et, d'un ton très professionnel, lui répond qu'elle a intérêt à se tenir à distance de sa fille. Elle sourit et tourne son regard vers Ji.

– Votre femme aussi est charmante. Je l'ai croisée dans la salle d'attente de notre gynécologue. Vous devez être très heureux à la perspective d'être bientôt père ?

Ji lance un regard à Costa. Celui-ci, à bout de patience devant ces menaces à peine voilées, prend une décision :

– Toutes ces coïncidences font que nous allons vous garder vingt-quatre heures avec nous. Cela vous laissera le temps de retrouver la mémoire quant à votre emploi du temps.

Ji est satisfait de la décision de Costa, il se fait un plaisir non dissimulé de lire ses droits à la femme. Celle-ci a changé d'attitude.

– Comment osez-vous m'arrêter! J'ai des enfants à récupérer. Je veux un avocat, qui me sortira rapidement d'ici. Vous n'avez rien contre moi, c'est un abus de pouvoir!

Elle a perdu son ton narquois et provocateur, crie d'une voix perçante et se lève pour partir. Costa a demandé à Leyvraz d'emmener la femme; elle se débat violemment et il doit intervenir. Telle une furie, elle essaye de le griffer au visage. Ji a fait appel à des agents qui arrivent promptement, des menottes lui sont passées aux poignets et enfin elle peut être emmenée.

Face à cet esclandre, Costa a ressenti une montée d'adrénaline et les menaces sous-jacentes ont eu raison de sa volonté d'agir en douceur.

L'intensité de cet interrogatoire les laisse un long moment sans voix, plongés dans leurs pensées. Costa envisage d'appeler Michelle mais, la femme étant sous contrôle, il n'a pas envie de l'inquiéter. Ji lui n'hésite pas: il veut savoir comment Larissa a perçu cette rencontre. Il apprend ainsi qu'elle l'a saluée comme toute personne dans une salle d'attente. Elles ont un peu discuté de sa grossesse et lorsque la gynécologue est venue la chercher, elle a demandé pourquoi il n'était pas présent. Larissa n'est pas certaine qu'elle ait prononcé son nom. En quelques mots, Ji lui explique la situation et lui demande d'être prudente.

Les deux hommes se demandent comment elle a pu savoir autant de choses sur eux, les a-t-elle suivis? Costa se souvient d'un article paru sur lui, après une résolution d'enquête qui avait fait grand bruit. Il avait été scandalisé par un journaliste qui avait livré des choses privées sur sa vie, entre autres qu'il avait une fille hors mariage. Le journaliste avait été poursuivi, mais le mal était fait. Il n'a aucun doute : elle a fait des recherches approfondies sur eux.

Lorsqu'ils rejoignent leurs collègues, ils se mettent autour du bureau de Costa pour un échange. C'est Anna qui réagit la première :

– Cette femme est machiavélique !

Ji rajoute :

– Elle est dans la toute-puissance, certaine qu'on n'a rien contre elle.

Costa encore plein de colère fait le résumé de la situation. Ils savent qu'elle a rencontré deux des victimes, que les crimes ont été commis le mercredi, jour où elle profite de ne pas avoir ses enfants, ce qui lui donne une opportunité. Ce qu'ils doivent prouver maintenant c'est comment elle s'est fourni le phénobarbital, comment elle le leur a fait ingérer, comment elle a eu accès aux dossiers et quel est son mobile.

À cette dernière question, quelques suppositions sont évoquées. Ji propose la jalousie : son mari, selon elle, s'investit trop dans ses prises en charge. Les victimes sont jeunes, jolies et il lui en parle, ce qui pourrait l'amener à douter de sa fidélité. Anna évoque une perversion qui l'amène à se projeter dans ces patientes, souhaiter leur mort comme exutoire à sa propre envie de mourir. Les autres la regardent, perplexes. Costa a un seul commentaire face à cette démonstration, un peu tirée par les cheveux : « Intéressant ! » Il ajoute :

– Désolé pour vous, mais on n'a pas terminé. Nous avons vingt-quatre heures pour trouver des preuves et l'inculper.

Sans faire de commentaire, chacun prend ses dispositions ; les messages se ressemblent, l'un à Larissa, l'autre aux gentils voisins pour Chaton et le dernier à une maman. Seul Costa n'a personne à avertir.

Alors qu'ils se remettent à leurs recherches respectives, Costa est informé de la venue de Madame Pahud et de son compagnon, Ahiko. Il les avait complètement oubliés. Avec un soupir il décide de les recevoir, bien qu'il pense qu'ils ne vont rien lui apprendre d'utile. Le couple improbable qui se présente lui redonne le sourire. Elle grande et voluptueuse, lui une tête de moins, fluet, sa coupe de cheveux au carré lui donne des airs d'adolescent attardé. Madame Pahud est toujours aussi volubile, elle questionne Costa sur l'avancée de l'enquête, s'inquiète de savoir s'ils ont trouvé l'identité de sa cliente. Costa lui répond le minimum, juste pour la rassurer.

Son compagnon ne parle pas français et il est surpris d'entendre la femme s'adresser à lui dans un japonais parfait. Elle lui explique qu'elle a vécu toute son enfance au Japon, avec ses parents expatriés. Que c'est à sa demande qu'ils sont revenus. Par chance, une parente éloignée avait ouvert le magasin où ils travaillent.

Elle traduit les questions de Costa. Son ami a effectivement aperçu Maïwa avec un jeune homme ; il lui en fait une description approximative et précise qu'il ne l'a jamais revu. La description correspond à Marco, jusqu'à la mèche rebelle décrite avec soin. Il les questionne sur leur intérêt pour les haïkus. Madame Pahud éclate de rire : selon elle, Ahiko ne s'intéresse qu'aux mangas, il se contente de les regarder en boucle à la télévision. Elle-même n'a pas le temps de lire. Puis elle devient songeuse, elle se souvient d'un client qui avait déposé un livre sur le comptoir. Intriguée par l'ouvrage en japonais, elle lui avait posé des questions et il lui avait dit qu'il s'agissait de haïkus. Il avait dû lui expliquer ce qu'était un haïku. Costa lui demande l'identité de l'homme. Elle hésite, puis se rappelant pourquoi, elle obtempère :

– Je connais son nom parce que c'est un client régulier : Monsieur Yamamoto.

Elle ajoute que ce nom est un des plus courants au Japon. Selon elle l'homme a la soixantaine, il se montre toujours très respectueux et elle ne l'imagine pas faire du mal à qui que ce soit.

– Connaissez-vous son adresse ?

Elle interroge Ahiko. Une discussion s'engage entre eux et Costa devine qu'il n'a pas envie de donner cette adresse. Puis avec un sourire elle demande un papier et inscrit celle-ci.

– Ahiko lui a livré des repas. J'ai dû lui rappeler qu'on n'était pas tenus par le secret professionnel comme les médecins.

Tout cela accompagné par un grand rire, cette femme est décidément joyeuse et Costa se retient de partager ce rire communicatif.

Lorsqu'il prend congé du couple, la femme l'invite à revenir dans leur boutique, qu'elle se fera un plaisir de lui faire découvrir leurs plats. Costa remercie, se disant qu'elle est curieuse de la suite de l'enquête.

Il ne sait pas si la piste qu'il vient de recevoir est sérieuse, il se décide à contacter Monsieur Yamamoto sans attendre. Ils sont si persuadés, tous, que l'épouse du psychiatre est coupable, qu'ils pourraient négliger un autre suspect, voire un complice. Il téléphone pour s'assurer de trouver l'homme chez lui. Ce qui est le cas. Très surpris de cet appel, il voudrait en connaître la raison et, devant le refus de Costa de s'expliquer, il reste très poli et lui dit qu'il l'attend. Leyvraz lui semblant disponible, il lui demande de venir avec lui.

Ils se rendent à pied à son domicile qui, par chance est proche. En route Costa informe Leyvraz, il remarque que celui-ci apprécie de l'accompagner. L'homme les salue d'une légère inclinaison du torse, à la japonaise. Ses cheveux sont gris, coupés très court, son nez est chaussé de petites lunettes rondes qui lui donnent un air professoral. Il les fait entrer dans une pièce qui doit être son bureau. Beaucoup de livres sont dans ce petit espace, une table recouverte de papiers que l'homme déplace rapidement. Les chaises sur lesquelles ils s'asseyent sont peu confortables. Costa ne perd pas de temps et lui explique les raisons de leur visite. Une fois de plus il sort la photographie de Maïwa. L'homme y jette un coup d'œil et dit ne pas la connaître.

– J'ai su par hasard que vous aimiez les haïkus. Cette jeune fille aussi, et nous nous demandions si cela n'aurait pas pu vous rapprocher.

Monsieur Yamamoto semble ne rien comprendre à ce que sous-entend Costa. Il le fixe d'un regard suspicieux.

– Comment pouvez-vous savoir que j'aime les haïkus ?

– Cela n'est pas le sujet, pouvez-vous répondre à ma question ?

– Je ne connais pas cette fille. Mes lectures sont personnelles et je ne les partage pas avec n'importe qui.

Costa songe qu'il les a partagées avec Madame Pahud. L'agacement qu'il perçoit chez son interlocuteur le pousse à aller plus loin.

– Expliquez-moi ce choix de lecture.

– Je les ai étudiés pendant mes études, depuis j'en lis un chaque jour. C'est comme un message de sagesse. J'en écris aussi, c'est ma manière de m'exprimer, cela contribue à ma paix intérieure.

L'homme est trop poli pour exprimer son mécontentement à l'intrusion des policiers et à leur indiscrétion. Sa voix reste neutre, calme. Ce sont des mouvements presque imperceptibles de ses mains qui indiquent à Costa son humeur. Il décide d'aller à l'essentiel, montre les autres victimes ; l'homme ne les reconnaît pas plus. Il le questionne sur ses alibis aux dates des meurtres.

– La plupart du temps je suis ici et je ne me rappelle pas ce que je faisais à ces dates. Je suis un homme solitaire, j'aime lire, écrire. Je ne sors que très peu, parfois pour marcher dans la nature où je cherche l'inspiration.

Costa se dit qu'un coupable aurait un emploi du temps à donner pour chacune des dates. Il décide d'en rester là et demande à Monsieur Yamamoto de demeurer à leur disposition. Sur le chemin du retour, ils partagent leurs impressions et tombent d'accord sur le fait que ce n'est pas très concluant. Leyvraz va faire une recherche sur lui. Costa commence à le trouver particulièrement précieux dans cette équipe. Il est fatigué, il aimerait arrêter sa journée maintenant, l'enchaînement des interrogatoires lui donne le tournis. Arrivé au poste, il réalise que c'est loin d'être terminé.

Leyvraz, qui a encore du temps avant d'aller confirmer l'alibi du psychiatre, propose d'aller chercher de quoi se sustenter. Il est plutôt content de sortir un peu. L'ambiance est lourde, ils sont tous à cran, c'est une course contre la montre. Il comprend la réaction de Costa. Si leur suspecte avait suggéré pouvoir atteindre sa mère, il n'est pas sûr qu'il aurait su garder son calme. Il repense à l'irruption du mari. Un peu avant qu'il parte, il est arrivé plein de fureur, ayant appris la garde à vue de son épouse. Il les a insultés, menacés, mais Costa est resté impassible, se contentant de l'inviter à répondre à quelques questions. Lorsqu'il est ressorti de l'entretien, il avait la mine défaite. Sans doute a-t-il compris que sa femme lui avait caché des choses, entre autres ses rencontres avec ses patientes. Une part de lui le plaint, ce doit être douloureux de comprendre que tout ce qu'il croyait sur elle est à reconsidérer. Il se demande comment un psychiatre peut se relever d'un tel constat.

Leyvraz pense à l'amour. À 15 ans il s'est brûlé les ailes. Amoureux fou d'un camarade de classe, un jour de folie, il lui a avoué ses sentiments. Tout ce qu'il imaginait de ce garçon a été détruit: sans doute a-t-il eu peur des conséquences de cette passion et il s'est retourné contre lui. Jusqu'à la fin de sa scolarité, il a dû supporter des humiliations, des moqueries et même une fois un tabassage en règle. Depuis il s'est réfugié dans le monde virtuel et il ne s'est plus engagé dans une relation.

À son retour, chargé de divers sandwiches, il chasse ses pensées pour revenir au présent. Il s'assure auprès de Costa que c'est toujours d'actualité qu'il aille refaire le trajet du Docteur Pitivier. Ce dernier le lui confirme, en ajoutant encore qu'il se pourrait que le couple soit complice. Leyvraz n'avait à aucun moment pensé à cette possibilité. Alors qu'il s'en va, il entend Costa commencer à résumer son entretien avec le psychiatre.

– Je vous passe les détails pour en venir à l'essentiel. Le mari n'avait aucune idée des rendez-vous de son épouse avec ses patientes. Il n'arrivait pas à le croire, nous accusant d'inventer. Je lui ai fait écouter les passages où elle nous parle de ces rencontres. Il s'est effondré, j'ai vu de la sincérité dans sa réaction. Après, il a répondu à toutes mes questions. Il a une femme de ménage portugaise pour son cabinet; elle est souvent absente et sa femme la remplace. Il croyait que c'était sa manière de le soutenir dans son travail, il m'a précisé, que c'était aussi des moments où il pouvait s'occuper seul des enfants, ce qu'il trouve important pour le lien. À ma question de savoir si ses dossiers étaient sous clé, il a répondu par la négative. Il n'en a jamais vu la nécessité, la femme de ménage ne parle pratiquement pas français, donc les lire lui semble impossible et il n'a jamais douté de l'intégrité de sa femme. Nous avons donc notre première réponse, soit l'accès aux informations sur nos victimes. J'ai envoyé Pierre faire des relevés d'empreinte.

Anna prend la parole :

– Je n'ai pas eu d'autres réponses des pharmacies. J'ai eu l'idée de consulter les mains courantes. Un vétérinaire s'est fait cambrioler et la seule chose qui a été volée est du phénobarbital. L'enquête sur ce vol n'a rien donné. Personnellement, je serai curieuse de savoir si Madame a des dons de cambrioleuse.

Ji intervient :

– J'ai pris contact avec les stups. Ils n'ont pas connaissance qu'un tel produit soit en vente dans la rue. Ta piste est sérieuse, Anna. Je propose qu'on reprenne contact avec ce vétérinaire et les policiers qui se sont chargés de l'enquête.

Costa qui, tout en écoutant, regardait ses e-mails, les informe que Marrel a confirmé la prise de phénobarbital pour Maïwa. Il pose à nouveau la question. Comment le leur a-t-elle fait ingurgiter ? Anna est toujours persuadée de l'utilisation du GHB : la drogue des violeurs rend les victimes incapables de réaction et l'agresseur peut en faire ce qu'il veut. Les deux hommes sont d'accord, Ji souligne que malheureusement ce sera difficile à prouver sans des aveux.

On informe Costa de la venue d'un avocat pour Madame Pitivier ainsi que d'un certain Georges Hamilton qui demande à le voir. Il se demande qui est cet homme. Il envoie Anna accompagner l'avocat auprès de leur détenue et avec Ji, ils accueillent l'homme.

Bel homme, grand, les cheveux noirs et courts, celui-ci, lorsqu'il se présente, a un léger accent anglophone.

– Georges Hamilton, j'étais l'amant de Léa Genton et j'ai pensé que vous aimeriez me rencontrer.

– Effectivement. Mais pourquoi maintenant ? Il y a eu une première enquête lors de son décès et vous ne vous êtes pas présenté !

– Lorsque Léa est morte, je n'étais pas présent. Je travaille pour une multinationale et j'étais en voyage d'affaires. Je n'ai appris son décès qu'à mon retour – et qu'il s'agissait d'un suicide. Cela m'a bouleversé mais je ne voyais pas l'utilité d'aller voir la police.

– Nous savons qu'elle a eu un rapport sexuel quelques heures avant son décès. Était-ce avec vous?

– Oui. Je vous explique. Léa et moi étions amants depuis environ cinq ans. Aucun des deux n'avait l'envie d'officialiser cette relation, nous n'étions pas assez amoureux pour cela. C'était un arrangement d'ordre sexuel. Lorsqu'elle a fait sa dépression, je ne l'ai plus vue. Elle m'a tenu à distance, pourtant je désirais la soutenir, j'avais de l'amitié pour elle. Quelques jours avant ce drame, elle m'a appelé, elle avait envie de me voir. Comme j'avais un jour de libre avant mon voyage, on s'est rencontrés ce fameux mercredi. Je l'ai trouvée fidèle à elle-même, j'en ai déduit qu'elle allait mieux. Je lui ai proposé d'aller manger ensemble le soir mais elle a refusé. Elle m'a dit qu'une amie passait la voir, elle pensait aller au bord du lac avec elle. C'est surtout pour cela que je viens aujourd'hui. J'y ai beaucoup réfléchi et avec le recul je trouve particulier cette visite et ce suicide. En plus j'ai lu dans le journal que vous rouvriez une enquête.

Cet article leur a échappé, Costa se demande comment un journaliste a eu accès à cette information. Ce n'est pas la première fois qu'il y a des fuites, mais jusque-là le délateur n'a pas été identifié. En l'occurrence c'est plutôt utile.

– Connaissez-vous le nom de cette amie?

– Non, elle ne me l'a pas dit. En fait, je crois l'avoir croisée lorsque je partais. Une femme semblait chercher une adresse et lorsqu'elle m'a vu elle a eu un mouvement de recul, comme si cela la dérangeait que je la voie. Sur le moment je n'y ai pas prêté attention, maintenant je me dis que c'était peut-être important.

Costa lui demande de la décrire. Monsieur Hamilton précise que c'était une très belle femme, ce qui explique qu'il s'en souvienne. Le portrait qu'il en fait est celui de Madame Pitivier. Pour les deux policiers, c'est une preuve importante de l'implication de cette dernière. Leurs questions trouvent petit à petit des réponses, comme des pièces de puzzle qui s'ajustent. Par acquit de conscience, Costa continue à interroger l'homme. Il cite le nom de chaque victime, lui demandant s'il les connaît, demande un alibi pour chacune des dates de meurtre. Les réponses sont données avec amabilité, Monsieur Hamilton semble comprendre qu'il fait son devoir et en bon homme d'affaires il a sorti son agenda pour justifier de ses occupations. Comme il l'a évoqué, il est souvent en voyage et n'était pas présent lors de deux des meurtres. Il reste à confirmer les alibis mais l'instinct de Costa lui dit que cet homme n'a rien à voir avec les meurtres.

Ils remercient l'homme ; Ji qui a consigné le témoignage lui demande de le compléter avec ses références et une signature, ce qu'il fait volontiers en précisant être heureux d'aider à sa manière son amie.

Anna, à qui ils racontent ce dernier rebondissement, a un sourire qui déborde de son visage lorsqu'elle ajoute ces faits à leur tableau. Elle se propose pour confirmer les alibis, mais avant, avec Ji, ils partent rencontrer le vétérinaire : elle a réussi à le joindre et il s'est montré impatient de les voir. Costa étudie le dossier d'enquête concernant ce vol. Il découvre qu'ils ont relevé une empreinte et appelle Pierre. Ce dernier vient de finir au cabinet et il lui dit qu'il a comparé les empreintes trouvées avec celle du psychiatre et de son épouse. Il y a concordance mais rien ne prouve qu'elle ait consulté les dossiers, les empreintes ayant été trouvées sur l'extérieur des dossiers, elle prétextera les avoir juste déplacés. Costa lui envoie la nouvelle empreinte. Il lui précise qu'il va demander un mandat de perquisition pour la maison du couple, qu'il espère faire demain matin.

Sur ces entrefaites, Leyvraz revient. Il a refait tout le trajet pour constater qu'en aucun cas le psychiatre aurait eu le temps de perpétrer le crime. Avec le trafic de 18 heures, rien que sortir de la ville lui a pris trente minutes. Il a essayé d'imaginer le temps qu'il aurait fallu dans le scénario et avec le temps tout aussi long pour aller au bar, cela lui a paru impossible à réaliser. Pour Costa, cela élimine l'idée d'une association dans le meurtre.

Costa a besoin de réfléchir. Il laisse Leyvraz à son ordinateur et s'en va marcher dans la ville. La nuit bien installée a vidé les rues ; il croise quelques promeneurs de chiens ainsi que de rares personnes, pressées de rentrer chez elles. Ses pensées sont fixées sur la femme. Il s'interroge sur sa personnalité ; les visages différents qu'elle a montrés lors de leurs rencontres le perturbent. Selon son mari, une femme amoureuse, attentionnée et une mère attentive. Selon Anna, une femme machiavélique et lui qui l'a perçue victime et bourreau. Est-elle tout cela ? Une personnalité multiple : peut-être souffre-t-elle de schizophrénie ? Cela lui semble impossible, son mari s'en serait aperçu, bien qu'il n'y ait pas pire aveugle qu'un homme amoureux. Il songe à un caméléon, une femme qui adapte son visage à chaque situation, la bonne amie, celle qui écoute et est capable d'empathie, l'épouse amoureuse, soumise dans une admiration éperdue de son mari. Et alors, qu'en est-il de la meurtrière ? Il ne la ressent pas, bien qu'il en ait eu un aperçu lors de leur interrogatoire. Il n'arrive pas encore à la cerner, sans doute par méconnaissance de ce qui la pousse à commettre ces meurtres. Il essaye de visualiser ce qui s'est passé : étonnamment une douceur dans l'acte lui vient à l'esprit, comme une danse à deux, la femme tueuse qui dirige et la victime qui suit.

Il voit un rituel dans l'inscription du haïku, comme un message. Ces images génèrent en lui un malaise ; il y a une anormalité entre elles et la violence que représente un crime. Ces morts absurdes, aboutissement du fantasme de cette femme, sont inacceptables pour lui. Il va trouver comment la faire avouer.

Ses pas l'ont ramené à l'hôtel de police. Anna et Ji sont de retour, ils lui relatent leur entretien avec le vétérinaire. Leur première question a été de savoir s'il connaissait Madame Pitivier, ce qui n'était pas le cas. Lorsqu'ils lui ont décrit la femme, il lui a semblé l'avoir effectivement aperçue, qui accompagnait une cliente. Il n'est pas certain, mais la beauté de celle-ci ne passe pas inaperçue et cela lui parle. Anna a proposé de repasser vers lui avec une photographie. Rien d'autre n'est ressorti de cet entretien. Il leur a fait part de son étonnement face à ce qui a été volé. Il y avait un coffre avec de l'argent qui n'a pas intéressé le voleur. Il s'est longtemps interrogé sur ce que le voleur allait faire de ce produit, il a imaginé une aide au suicide ou un suicide. Jamais il n'a pensé à un crime. Costa leur parle de l'empreinte trouvée sur place et de son espoir qu'elle corresponde à celle de leur suspecte. Il les informe aussi de la perquisition prévue le lendemain dès 6 heures et les libère pour ce soir.

MARDI

Lorsqu'ils se rendent au domicile du psychiatre, le jour n'est pas encore levé. Au coup de sonnette de Costa, il répond rapidement. Ils comprennent qu'il n'a pas dormi de la nuit ; les traits tirés, les yeux hagards, la barbe naissante et les habits chiffonnés témoignent d'une grande détresse. Il ouvre la porte en grand.

– Je m'attendais à votre visite. Faites ce que vous avez à faire. Mes enfants sont chez leurs grands-parents.

Ils se répartissent les pièces et une fouille systématique commence. Ils ne savent pas vraiment ce qu'ils cherchent, si ce n'est quelque chose qui viendrait renforcer leur certitude. Pierre, qui s'est joint à eux, se charge d'emmener l'ordinateur de la maison qui va être analysé méthodiquement. Leyvraz porte un regard envieux vers l'objet qui s'en va, il aurait aimé pouvoir continuer ses recherches lui-même. Costa, qui le remarque, se dit qu'il va le recommander au service informatique : il pourrait alors faire ce pour quoi il est doué en toute légalité. Pour l'instant, il ouvre chaque tiroir, feuillette les livres, dans une quête jusque-là stérile. Après un peu plus d'une heure, il voit Ji qui vient vers lui, dans sa main une photographie et un sourire victorieux sur le visage. Sur la photo, Madame Pitivier pose dans un paysage montagneux, la tête protégée du soleil par une casquette noire avec un oiseau brodé de fil rouge. La même casquette que celle trouvée sur le chemin de montagne menant au corps de Maïwa. Anna arrive à son tour, une paire de chaussures de montagne dans les mains.

– On peut la donner à Pierre, avec un peu de magie, il en sortira peut-être quelque chose.

Le psychiatre n'a pas bougé de son canapé. Lorsque Costa s'adresse à lui, il commence à lui parler d'un ton défait :

– Je n'arrête pas de ruminer. Je ne comprends pas, j'aurais dû m'apercevoir que mon épouse est malade. Elle se montre si parfaite, gérant les enfants, le ménage, les invitations, n'a jamais un mot plus haut que l'autre. Répondant toujours au moindre de mes caprices. J'aurais dû comprendre que c'était trop beau, trop parfait. En fait, elle maîtrisait tout, elle cachait ses émotions, contrôlait ses pensées. Comment ne m'en suis-je pas aperçu ? J'ai préféré rester aveugle, trop content d'avoir une épouse idéale, jeune et à ma disposition. Elle est peut-être un monstre, mais moi aussi.

Costa est surpris, l'homme arrogant a disparu. Il a en face de lui quelqu'un de démuni face à la folie de son épouse. Ce qui le frappe, c'est qu'il ne met plus en doute la culpabilité de celle-ci. Il le lui fait remarquer.

– Je crois que je sais qu'elle est coupable. Lorsque j'y pense, tout concorde. Depuis hier je réfléchis à tout : les ménages, les réflexions, son intérêt pour certaines situations. Je vous ai dit que parfois je lui parlais, en fait j'ai réalisé que c'était plus souvent que je le voulais. Son intérêt me flattait, je me sentais admiré. Quel idiot je suis, narcissique comme beaucoup d'hommes. Je m'en veux terriblement, je n'ai rien compris. En fait je ne comprends toujours pas. Pourquoi ?

Costa n'a pas encore la réponse. Il lui dit que pour eux, elle est suspecte mais qu'ils ne négligent pas les autres pistes. L'homme ne réagit pas, replonge dans son silence et son introspection.

Leur perquisition n'aura pas été inutile.

Lorsqu'ils s'en retournent, ils se mettent d'accord pour réinterroger leur suspecte. Ils ont en main de quoi l'inculper. Costa et Ji conviennent de la manière dont ils vont procéder. Leur but est de la pousser dans ses retranchements et qu'elle avoue les meurtres.

Ils font un dernier point entre eux. Costa répète que pour l'instant elle n'est que suspecte. Avant de l'interroger, ils veulent que les alibis de Monsieur Hamilton soient confirmés le plus rapidement possible. Anna se charge de contacter l'entreprise pour contrôler les dates des voyages, Leyvraz fait des recherches sur l'homme, comme il l'a fait pour Marco, Ji se charge des amis.

C'est Anna la première qui informe Costa. Hamilton a menti ou s'est trompé sur une date. Il dit avoir été à Singapour, mais selon son entreprise ce n'est pas le cas. Leyvraz à son tour amène ce qu'il a trouvé. C'est une bombe : à 18 ans, il a eu un procès pour abus sexuel sur une adolescente de 15 ans. Il n'y a pas eu de condamnation mais une trace est restée. Costa apprécie le travail de Leyvraz, capable de trouver l'introuvable. Quant à lui, il se questionne sur son instinct qui n'a rien perçu de l'ambiguïté du personnage. Ils vont donc le faire amener pour le confronter. Ji lui, a réussi à atteindre les amis de Monsieur Hamilton ; ceux-ci ont évoqué un homme sérieux, travailleur. Selon eux, il n'a pas de relations amoureuses sérieuses et passe tout son temps au travail – dont beaucoup de voyages. Ji est surpris de ce qui a été découvert sur lui, il relativise en évoquant la jeunesse lors de cet épisode et le fait que l'homme a dû mûrir. Il remarque qu'aucune autre affaire n'est apparue depuis. Costa est d'accord mais ils doivent s'assurer qu'il n'est pas impliqué.

Les policiers l'ont trouvé à son domicile. Costa est content qu'ils n'aient pas dû aller le chercher à son travail. Il a de la sympathie pour lui, malgré les nouveaux éléments. Il voit que l'homme est déstabilisé mais ne semble pas inquiet. Il reste très calme lorsque Costa commence à le confronter.

– Nous avons un problème avec votre alibi de Singapour : selon votre entreprise, vous n'avez pas fait ce voyage.

L'homme reprend son agenda. Il en sort des billets d'avion aux bonnes dates, conscient que cela ne suffit pas à prouver son voyage. Il montre son passeport où le tampon de la douane prouve son entrée à Singapour. Il précise qu'il se doutait qu'on lui demanderait des preuves de ses alibis. Il continue sans s'émouvoir :

– J'imagine que vous avez découvert que j'avais eu un procès pour suspicion d'abus sexuel impliquant une mineure ?

– Effectivement.

Là aussi l'homme présente un dossier qu'il a préparé. C'est le jugement. Ji s'en saisit et le consulte pendant qu'il s'explique.

– J'ai été acquitté : il s'avère que la jeune fille m'avait menti sur son âge. J'étais très jeune mais soucieux des règles et jamais je n'aurais eu des rapports sexuels avec une fille mineure. Mais elle ne faisait pas son âge et était en possession d'une fausse carte d'identité pour entrer en discothèque. Je me suis fait avoir. Elle a fini par admettre les faits. Ce sont ses parents qui étaient furieux et m'avaient accusé; elle, je crois qu'elle était consciente de ce qu'elle avait fait. La justice a tenu compte de la tromperie.

Costa et Ji sont impressionnés par la prévoyance de l'homme. Ce dernier, sûr de lui, est resté calme et semble attendre que les policiers réagissent.

– Vous avez tout prévu, cela pourrait être suspect.

– L'expérience de mes 18 ans m'a servi. J'avais un avocat commis d'office et pas de soutien de ma famille. On n'était pas en bons termes et ils ont vécu cette accusation comme une honte sur eux, ils m'ont dit que j'étais majeur et que je devais assumer. Une épreuve qui est restée gravée dans ma tête. Le fait d'avoir été acquitté m'a donné confiance en la justice, mais j'ai retenu, grâce au jeune avocat qui m'a défendu, qu'il faut se préparer. Je m'attendais à vos questions. Je vous donne les autres billets d'avion pour mes autres voyages, je suis étonné de l'erreur de mon entreprise et je vais revoir ça avec eux.

Costa est presque soulagé, son instinct était donc bon. Il libère Monsieur Hamilton avec plaisir.

Les événements s'enchaînent. Leyvraz les informe de la présence d'un des propriétaires de la Mercedes. Il l'emmène en salle d'interrogatoire. Ji et Costa s'accordent un rapide café, histoire de mettre leurs pensées en ordre. Autre suspect, autres questions !

L'homme qui les attend ne leur semble pas inquiet, juste interrogatif. La cinquantaine, un visage aux traits déjà marqués, durs, celui-ci est adouci par un regard pétillant, qui lui donne du charme. A la demande de Costa, il décline son identité. Roger Demont, 54 ans, agent d'affaire.

– Pourquoi cette convocation ? Ai-je commis un délit sans le savoir ?

Costa présente la photo de Maïwa, lui demandant s'il la connaît. À sa grande surprise, l'homme n'a aucune hésitation et répond que oui, il la connaît.

– Si on peut appeler cela connaître ! J'ai effectivement utilisé ses services.

– Pouvez-vous préciser ?

– Je suis célibataire et je n'ai pas le temps de faire des rencontres. Je me rends, lorsque j'en ai besoin, dans des salons de massage. Cette fois cela a été différent, je descendais le long de l'avenue des prostituées, sans idée de consommer, je l'ai vue et elle m'a intrigué. Elle était différente. Je me rappelle qu'elle a hésité lorsque je l'ai invitée à monter dans la voiture. Je me suis dit que c'était une novice et je dois avouer que cela m'excitait.

Roger Demont est complètement à l'aise en racontant cette expérience. Pour lui, la prostitution semble un service comme un autre dont il profite parce qu'il le peut. Costa lui demande si c'était l'unique fois. L'homme rit, Ji lui demande ce qu'il y a de drôle.

– C'est que je suis certain que vous connaissez la réponse. Plus sérieusement, pourquoi cet intérêt? Je ne pense pas que cela soit dirigé contre moi. Qu'a fait cette jeune novice pour que deux inspecteurs comme vous m'interrogent?

Ils ne répondent rien à ses questions et devant le silence qui s'installe, l'homme obtempère:

– Après la première fois, qui entre nous n'était pas géniale, je lui ai proposé qu'on se revoie. J'avoue. J'étais toujours aussi curieux car, ce n'était visiblement pas une professionnelle: maladroite, introvertie. Bref, on a remis ça, si je me souviens bien, deux soirs après. Et ce n'était toujours pas top.

– Vous a-t-elle expliqué ce qui l'amenait à se prostituer? J'imagine que vous aviez envie de le savoir.

– C'est vrai. Mais elle a esquivé mes questions. Elle était appliquée, ça, je ne peux pas dire le contraire. Plutôt trop appliquée. Je ne lui ai pas proposé d'autre rendez-vous.

Costa l'interroge, sans succès, sur les autres victimes. Il lui demande des alibis pour les soirs des meurtres. Bien organisé, avec l'aide de son agenda, il justifie de son emploi du temps pour chacun des mercredis. Pour les deux policiers, cela confirme qu'il n'est pas suspect et ils le congédient.

À la sortie de la salle, Ji commente: syndrome de «*Pretty Woman*» – ce qui fait sourire Costa.

Maintenant ils peuvent passer à l'interrogatoire de Madame Pitivier.

Elle demande la présence de son avocat. Costa n'est pas surpris. En l'attendant, ils refont le point une dernière fois. Il sait qu'ils vont devoir jouer serrer et comme souvent, lors de telles confrontations, il ressent une tension interne, comme un sportif avant une compétition.

L'avocat, plutôt jeune, se montre combatif d'entrée.

– Ma cliente n'a pas à subir cette garde à vue. Vous n'avez rien de concret contre elle. C'est clairement un abus de pouvoir que nous sommes décidés à dénoncer.

La jeune femme présente son visage de femme soumise, peureuse. La tête rentrée dans les épaules, le regard triste. Elle renifle dans un mouchoir, comme au bord des larmes. Elle n'a plus rien de la guerrière provocante de leur dernière entrevue. Costa est bien décidé à la faire resurgir.

– Maître, contrairement à ce que vous avancez, nous avons suffisamment d'éléments pour inculper votre cliente.

– Si vous parlez des rencontres « malencontreuses » que ma cliente a eues avec deux de vos victimes, il n'est pas difficile de prouver qu'elles sont dues au hasard. Ma cliente est une jeune mère, attentive aux autres, qui éprouve de l'empathie pour les autres femmes. Il n'y a rien de criminel en cela. En épouse amoureuse, elle vient vous voir, pour que vous cessiez de harceler son mari et vous l'accusez d'avoir commis ce qu'elle serait bien incapable de faire : des assassinats sur des malheureuses qu'elle a voulu soutenir.

Ji à son tour intervient :

– Il est vrai que nous pensons qu'elle n'a pas le profil d'une meurtrière. C'est pourquoi nous allons arrêter son mari. Il nous semble clair qu'elle n'a pas pu concevoir un tel scénario seule.

La femme réagit dès que Ji évoque son mari. Comme l'avocat veut intervenir, d'un geste sec, elle lui intime de se taire. Elle a redressé la tête. Le regard tel deux pistolets braqués sur lui, elle rétorque à Ji :

– Je vous ai déjà dit de laisser mon mari tranquille. Il n'a rien à voir avec ces meurtres.

– Nous sommes convaincus du contraire. Il vous a utilisée pour amener ces femmes en toute confiance auprès de lui. Il faut un esprit supérieur pour imaginer de tels crimes, vous l'admirez, vous êtes sous son emprise et il vous a persuadée de devenir sa complice.

– Jamais il ne ferait cela. Je ne suis en aucun cas sous son emprise et je n'ai pas besoin de lui pour faire ce que j'ai à faire.

– Comment auriez-vous pu obliger ces femmes à se vêtir d'une robe ? Ceci est typiquement un fantasme d'homme.

– Ce n'est pas un fantasme de se vêtir d'une belle robe pour mourir. C'est un acte de reconnaissance à sa beauté. La mort est belle, il faut savoir l'accueillir. Votre raisonnement est sexiste.

– Tout comme je ne vous vois pas arriver à les convaincre de boire le phénobarbital : nous savons tous les deux qu'il était facile pour votre mari d'obtenir ce médicament, alors que vous…

– Vous faites des raccourcis, en fait vous êtes plein d'arrogance. Il faut être médecin, supérieur, homme, pour tout. Une simple femme ne peut avoir la capacité de mettre en scène un crime parfait, elle n'a pas l'intelligence de se procurer un médicament. Tout cela est terriblement réducteur.

L'avocat a tenté de la faire taire sans y parvenir. Il semble s'être fait une raison et écoute attentivement ce que dit sa cliente. Costa se rend compte qu'il a déjà compris qu'il ne s'agit plus de la sortir d'une garde à vue, mais d'aller vers un procès et d'essayer d'obtenir la plus courte peine possible. Costa reprend la parole :

– Vous avez sans doute raison, mon collègue n'imagine pas qu'une femme puisse concevoir un tel scénario. Par contre, moi oui. Je crois que vous avez agi par jalousie.

Elle tourne son regard vers lui. Il voit à quel point elle est en colère, cette colère qui lui fait baisser sa garde.

– Jalouse! Encore une vision bien masculine! Vous ne comprenez décidément rien à rien. Ces femmes je les aimais, c'est parce que mon amour pour elles était si grand, que je me devais de leur offrir le plus beau des cadeaux.

– La mort en cadeau?

– Bien sûr. Elles n'attendaient que cela, leur vie n'était que souffrance, déception, peur. Je les ai délivrées. Que faisait mon mari, cet homme si intelligent, à part leur donner des médicaments et les rendre robotiques? Il était bien incapable de leur offrir la paix. Je sais que maintenant elles sont heureuses.

– Vous les avez tuées pour les délivrer, alors que, selon tout le monde, elles allaient mieux et qu'elles reprenaient goût à la vie?

– Poudre aux yeux. Dès qu'elles auraient arrêté leur traitement, elles se seraient retrouvées à leur point de départ. Leur souffrance était trop forte pour qu'une pastille ne l'arrête. Moi, je leur ai offert le paradis.

– Vous vous êtes prise pour Dieu?

La femme ne répond rien. Comme stupéfaite d'une telle allégation. Costa continue:

– Ainsi, vous les avez vêtues de belles robes, selon vous, comme pour une fête. Je peux comprendre – par contre je ne saisis pas les haïkus.

– Vous n'avez pas vu la poésie des mots? C'est un message adressé aux dieux, qu'ils sachent pourquoi elles venaient à eux. Ainsi ils sauraient comment guérir leur âme.

Ji intervient, d'un ton très doux, il insiste :

– Pourquoi les haïkus ? Je vois leur poésie mais pourquoi pas du Rimbaud ?

Un long silence. Elle cesse de les fixer, ses yeux se sont plongés dans un voyage intérieur, vers un souvenir. C'est un murmure, un chuchotement qui vient raconter :

– On allait à l'école ensemble. Personne ne s'intéressait à lui, il était l'étranger, le Nippon. On est devenus amis. Chaque fois que je le pouvais j'allais chez lui, c'était mon refuge. Il m'a appris à écrire sa langue, j'adorais ces signes, cette écriture, comme un art. Je copiais les haïkus qu'il me traduisait. Peut-être que je l'aimais, on était si jeunes, je ne savais pas vraiment. Cela a duré jusqu'à nos 16 ans. Un jour je voulais le rejoindre, comme d'habitude, j'ai trouvé sa famille en pleurs. Il était parti, il avait mis une corde autour de son cou, écrit un dernier haïku qu'il avait posé au sol, juste au pied du tabouret renversé. Il m'avait laissé seule, abandonnée. J'ai pensé mourir aussi, mais je n'ai pas eu son courage. Lui a choisi la poésie, la liberté, je l'ai admiré pour cela.

– Que disait ce haïku ? J'imagine qu'il s'est gravé dans votre mémoire.

Elle hésite, ses yeux brillent de larmes retenues. C'est dans un murmure qu'elle récite :

– « *Tel des gouttes de rosée*
sur une feuille de lotus
je disparais »

Un long silence accueille ces vers. Ji imagine la toute jeune fille confrontée à la mort, peut-être pour la première fois, et qui se réfugie dans la beauté des mots pour supporter l'insupportable.

Il se demande comment son mari n'a pas perçu la blessure de son épouse. Il reprend le fil des questions : c'est le moment de revenir sur du concret :

– Nous pensons que vous les avez droguées avec du GHB pour les rendre dociles.

– Est-ce important? Les chamans utilisent bien des drogues pour leurs rituels. Je n'ai fait que répéter un acte ancestral.

– Chaque robe est différente? Pourquoi ces choix?

– Maïwa, c'était son histoire, la robe blanche de sa grand-mère, devenue rouge de son sang. C'était un hommage. Léa avait besoin d'une robe à paillettes qui scintillait telles des étoiles dans la nuit. Nina a reçu une robe de conte de fées, la robe du premier bal. Je savais ce qui leur plairait. Elles étaient heureuses de mon choix.

– Comment pouvez-vous le savoir, elles étaient droguées.

– Elles souriaient, leurs mains caressaient le tissu de la robe, je voyais que je ne m'étais pas trompée.

Une question le taraude encore:

– À quel moment avez-vous inscrit les haïkus sur le corps?

– Lorsqu'elles se sont étendues sur le sol, comme endormies, je les ai prises dans mes bras, elles étaient si belles dans leurs robes. Je leur ai murmuré le haïku pendant leur dernier souffle. Après, il suffisait de baisser leurs corsages.

Elle se tait, tout dans son attitude témoigne qu'elle revit la scène.

– Pourquoi avec un couteau?

– Pas un couteau, un cutter. Ainsi personne ne peut les effacer.

– Pourquoi n'avaient-elles pas de chaussures?

– Comment aurais-je pu abimer le tableau avec de vilaines chaussures? Des baskets avec une robe du soir, franchement!

– Qu'avez-vous fait de leurs vêtements?

– Je les ai déposés dans un container de récolte d'habits. Elles auraient aimé qu'ils servent à des malheureux.

– Comment avez-vous rencontré Nina Picard?

– À un groupe de parole pour femmes. Vous ne savez pas tout sur elle : enfant, elle a été abusée par un voisin. Elle avait un véritable traumatisme qui s'est réveillé avec la rupture. Je vous ai dit qu'elle serait plus en paix maintenant.

– Vous leur avez fait croire à de la compassion, de l'amitié pour mieux arriver à vos fins, c'est aussi de l'abus.

– Pensez ce que vous voulez, moi, je sais ce que j'ai accompli.

Ji est pris de court devant les certitudes de la femme. Un silence lourd règne, jusqu'à ce qu'elle le rompe :

– Vous comprenez maintenant que je n'ai rien fait de mal. Mes enfants m'attendent et je vais aller les retrouver.

Costa fait signe aux agents de l'emmener. L'avocat réunit ses papiers, se lève et, en les saluant, sans rien ajouter à ce qui vient de se passer, quitte la salle. Les deux policiers restent sur leur chaise, silencieux. Après ces journées intenses, la tension redescend : c'est une sensation qu'ils connaissent, presque désagréable, telle une descente de drogue.

Costa réagit le premier, il tape sur l'épaule de Ji, comme pour lui signifier, « c'est assez, on y va ». Ils rejoignent Anna et Leyvraz qui les accueillent tout sourire, ce qui leur fait du bien.

– OK, mes amis. On a réussi et on va tous aller manger ensemble, je vous invite. Mais ne croyez pas que notre travail est terminé, il nous reste à peaufiner notre dossier d'accusation et ce n'est pas le moins difficile. Si on travaille bien, on aura tous congé demain.

MERCREDI

Ji dévore des yeux l'image sur l'écran. Les formes abstraites qu'il voit ont de la difficulté à s'enregistrer dans son cerveau comme représentant son enfant. Le battement du cœur, cette pulsion régulière, signe de vie, l'émeut. Il écoute les explications de la gynécologue, essaye de relier ce qu'il voit et entend à un petit être qui un jour va courir partout. Pour lui, c'est un miracle que le corps de Larissa arrive ainsi à offrir le nid permettant au fœtus de grandir. Il a envie de la serrer dans ses bras, de s'assurer que cela ne lui fait pas mal, cet intrus qui bouscule ses entrailles. Lorsque la doctoresse lui tend une photographie, image en noir et blanc, il cherche avidement ce qui peut représenter sa tête, ses mains et les pieds. Il se sent idiot de ne rien comprendre et se penche en riant vers Larissa qui, elle, doit savoir. C'est un moment de bonheur parfait, il espère qu'il restera gravé dans sa mémoire et une fois de plus se jure de ne jamais rien faire qui puisse le ternir.

Il sait pourtant que, d'ici la fin de la journée, il y introduira un peu d'ombre. Il doit discuter avec Larissa de la suite de sa carrière. Il y a six jours il pensait que cette enquête serait une parenthèse dans sa vie. Il n'en est plus si sûr. Au fond de lui, il reconnaît le plaisir qu'il a retrouvé, il a reconnu ce feu sacré qui l'habitait dans le passé. Il est fier de n'avoir pas renoué avec ses démons. Peut-être le duo qu'il forme avec Costa l'a-t-il aidé. Il a très envie de convaincre Larissa que c'est le bon choix.

Anna s'offre une journée de détente. Elle a fait la grasse matinée, pour le plus grand plaisir de Chaton, resté pelotonné tout contre elle. Ses pensées vagabondent, elle a aimé participer à cette enquête, cela confirme son espoir de devenir inspectrice, un jour. Elle est triste de devoir revenir à ses activités habituelles. Une petite voix lui dit que, peut-être, Costa fera à nouveau appel à ses services. Il l'a complimentée sur leur collaboration et pour elle ça a été comme un cadeau. Bien sûr elle a tout raconté à Chaton qui en a ronronné de plaisir.

Leyvraz traîne dans l'appartement de sa mère. Il ne sait pas trop que faire de sa vie. Lui qui pensait se réjouir de retourner à sa routine comprend que ce qu'il vient de vivre va lui manquer. Cette nostalgie le surprend et le déconcerte. Costa lui a glissé qu'il allait le recommander pour le groupe informatique, il ne sait pas. Il en a envie et en même temps il hésite : pourra-t-il se plier aux règles, supportera-t-il de rester toute la journée devant des ordinateurs ? En fait, il réalise qu'il ne sait pas vraiment en quoi consiste le travail de ce groupe. Il se dit que, dans un premier temps, il pourrait se renseigner. Il croit que Costa veut bien faire en lui forçant la main, peut-être en a-t-il effectivement besoin, ou pas. À lui de voir.

Costa s'est réveillé tôt. Il est parti marcher au bord du lac. Le jour est à peine levé, un frisson parcourt la nappe d'eau, la musique des vagues qui viennent heurter les rochers berce ses pensées. Il est habité par la femme, il entend encore sa voix, pleine de colère, leur dire comment elle est si sûre d'avoir fait ce qu'il fallait.

Il ne la comprend pas, elle le rend triste, lui fait pitié, prise dans une toute-puissance qui l'amène au meurtre. Elle s'est laissé piéger, par orgueil sans doute, peut-être par naïveté. Il ne sait pas, elle l'a mise en colère, agacé, énervé et maintenant tout cela est derrière lui, il ne voit plus qu'une jeune femme, prise dans un délire qui les a détruits, elle, son mari et ses enfants. Il ne peut s'empêcher de se dire qu'elle aussi est une victime – victime d'une maladie que personne n'a vue, y compris son psychiatre de mari. Il ne croit pas que celui-ci s'en relèvera.

Il marche et essaye à chaque pas de vider sa tête. Il pense à Ji, en espérant qu'il va accepter sa proposition. Il pense à Anna, à Leyvraz. Il sourit intérieurement, cette équipe, lui le solitaire, il l'a aimée. Il se dit que peut-être, dans une prochaine affaire, il pourra la reconstituer.

Sa tête se vide du travail. Il s'arrête un instant pour observer le bal des mouettes en quête de nourriture. Il lui reste deux jours avant de retrouver sa fille.

Remerciements

Mes remerciements à notre magnifique groupe d'écriture, Laurence, Sylvia, Christa, Camille et Maria. Une sororité qui m'a permis d'avancer dans ce roman à travers des échanges stimulants, des remarques constructives, le soutien et la croyance que tout est possible.

Merci à Charlotte qui a pris le temps de me lire attentivement, c'est précieux.

Merci aussi à ceux qui m'ont supportée et soutenue, Yvonne, Pauline, Dimitri et Julien.

Un merci particulier à Sophie Rossier qui a cru dans mon manuscrit et m'a accueillie, avec beaucoup de gentillesse, aux éditions Favre. Son expertise et son professionnalisme m'ont soutenue dans ce monde que je ne connaissais pas. Merci de même à Laurane qui a pris avec patience le relais. Et merci à Aline pour son travail de correction.